Anna Sólyom

Née à Budapest, Anna Sólyom vit à Barcelone. Diplômée en philosophie, elle exerce comme thérapeute holistique avec une approche centrée sur le corps, l'énergétique et la *mindfulness*. Elle est l'auteure d'un livre de développement personnel, *Pequeño curso de magia cotidiana*, qui a été traduit en néerlandais et en portugais, et *Reconnecta con tu cuerpo*, traduit en tchèque. *Derrière la porte du café des chats* est son premier roman, paru aux éditions Solar en 2021.

Remerciements

Cette histoire du Neko Café n'existerait pas sans l'Espai de Gats, le bar à chats de Barcelone, et sans Billy (alias Cappuccino) et Sort (alias Sort), nos deux chats à l'esprit libre et au caractère aussi différent que l'eau et le feu, qui m'ont inspiré cette histoire. Merci pour le souffle félin des muses.

Merci à Francesc de m'avoir servi de guide dans l'écriture de mon premier roman : sans ton regard expert, *Derrière la porte du café des chats* tel qu'il existe aujourd'hui n'aurait pas vu le jour.

Merci à l'agence Sandra Bruna, en particulier à Sandra et à Berta, d'avoir cru à cette histoire, même si Sandra préfère les chiens. Sans vous, ce roman serait resté au fond d'un tiroir.

Merci à la talentueuse Laura Stagno de donner vie aux sept maestros dans ses dessins originaux.

Et merci à toi, chère lectrice ou cher lecteur, de prendre soin des chats, des chiens, des oiseaux, des souris, des vaches, des chevaux… Merci pour tes visites dans les bars à chats partout dans le monde, merci d'adopter et d'aider des animaux, d'éviter de faire du mal aux êtres vivants. Toute vie est sacrée. Merci de lire cette histoire.

La photocomposition de cet ouvrage
a été réalisée par
GRAPHIC HAINAUT
30, rue Pierre Mathieu
59410 Anzin

Imprimé en Espagne par
Liberdúplex
à Sant Llorenç d'Hortons (Barcelone)
en avril 2022

POCKET – 92, avenue de France – 75013 Paris

S32273/01

DERRIÈRE LA PORTE
DU CAFÉ DES CHATS

ANNA SÓLYOM

DERRIÈRE LA PORTE DU CAFÉ DES CHATS

Traduit de l'espagnol
par Sofia Spero

roman

SOLAR S
EDITIONS

© 2020 Anna Sólyom
Illustrations de Laura Stagno
© Éditions Solar, 2020, Paris, pour la traduction française
Tous droits réservés pour tous pays
ISBN : 978-2-266-32273-7
Dépôt légal : avril 2022

Pour les êtres félins…
Merci d'exister !

J'ai vécu avec plusieurs maîtres zen.
Tous étaient des chats.
Eckhart Tolle

Sérénade nocturne

Les chats ont six vies au Moyen-Orient et en Turquie, sept en France et dans de très nombreux pays à travers le monde, tandis qu'on leur en prête neuf partout où l'on parle la langue de Shakespeare. Mais pourquoi le chat aurait-il besoin d'autant de vies ? Un vieux proverbe anglais donne cette explication : au cours des trois premières, il joue ; au cours des trois suivantes, il vadrouille ; durant les trois dernières, il reste à la maison.

Avant de mettre un pied au Neko Café, Nagore ne savait absolument rien des chats, mais une chose était sûre : elle avait le sentiment de ne pas avoir de vie. Même pas une seule.

Tout avait commencé dans la chaleur suffocante d'une nuit d'été. Après s'être tournée et retournée pendant des heures dans son lit trempé de sueur, elle avait fini par s'endormir. À peine une heure plus tard, elle était réveillée par un cri déchirant. Nagore pensa d'abord que ce cri avait surgi du fond d'un cauchemar.

Elle se retourna une fois de plus dans son lit, trop épuisée pour revenir dans le monde. Pas encore…

Mais elle l'entendit de nouveau, ce qui acheva de la réveiller. On aurait dit le gémissement et les pleurs d'un enfant désespéré que personne ne venait consoler. Elle se couvrit la tête de son oreiller pour tenter d'atténuer ce bruit et pouvoir se rendormir. En vain, car une seconde voix se joignit bientôt à la première, d'un niveau sonore encore plus élevé. C'est alors qu'elle tilta : ces maudits chats des rues étaient en train de se livrer une de leurs fameuses batailles sous ses fenêtres, et la cour intérieure faisait caisse de résonance. « Je déteste l'été… », se dit-elle, morte de fatigue. Si elle avait eu la climatisation, elle aurait fermé la fenêtre pour s'épargner cette torture, mais ce n'était pas le cas. Elle était obligée de la laisser ouverte pour pouvoir respirer dans cette fournaise.

La sérénade se poursuivit dans un chœur dissonant qu'on aurait dit constitué de bébés abandonnés, jusqu'au moment où l'un des chats lança un rugissement et où son adversaire lui répondit par un feulement menaçant. Nagore se redressa, furieuse. Assise sur son lit, luttant contre l'insomnie, elle aussi aurait bien miaulé de désespoir !

Un nouveau cri de guerre perça ses tympans comme un poignard. C'était plus qu'elle n'en pouvait supporter. Sans allumer, elle prit le verre posé sur sa table de nuit, se pencha par la fenêtre et expédia l'eau qu'il contenait en direction des félins. Un miaulement bref, suivi du bruit sec d'un pot de terre renversé, lui indiqua qu'elle avait visé dans le mille.

Les nerfs en pelote, elle cala son dos contre la tête de lit et alluma la lampe de chevet vert olive.

Complètement éveillée maintenant, elle attrapa son téléphone pour regarder l'heure. L'écran cassé et tout zébré affichait 03 : 05, tandis qu'une petite enveloppe indiquait l'arrivée d'un SMS.

C'était la banque. Affolée, elle éteignit aussitôt la lumière, comme si être dans l'obscurité pouvait la soustraire à la vue des employés de l'agence. Une pensée idiote, car il était évident qu'ils dormaient tous à poings fermés dans une chambre à vingt-deux degrés grâce aux bons soins de l'air conditionné.

> Nous vous informons qu'un prélèvement en attente dépasse le solde actuel de votre compte.
> Nous vous prions de vous mettre en contact avec votre conseiller.

Nagore pianota nerveusement sur son clavier pour consulter son compte bancaire et mesurer l'ampleur de la catastrophe. Le solde affiché lui donna un coup au cœur : vingt-trois malheureux petits euros contre les cent que son opérateur s'apprêtait à prélever pour sa facture de téléphone.

— Merde, laissa-t-elle échapper, tout en se demandant comment elle avait pu en arriver là.

Son abonnement box plus Internet plus mobile lui coûtait cinquante-cinq euros. Elle avait juste passé un coup de fil rapide à une amie en voyage au Maroc. Jamais elle n'aurait pu imaginer un tel coup de massue ! Indignée, elle eut pour premier réflexe d'appeler sur-le-champ la compagnie de téléphonie, mais elle se reprit : devoir composer avec des répondeurs à choix multiples ou parler à des opérateurs à l'autre bout du monde ne ferait qu'aggraver sa mauvaise humeur.

Elle reposa son portable sur la table de nuit, entoura ses genoux de ses bras et scruta l'obscurité tout en essayant de se calmer. Elle avait passé une demi-douzaine d'entretiens, mais aucun n'avait donné de résultat. Depuis son retour de Londres, rien n'avait marché pour elle. Sans crier gare, de grosses larmes commencèrent à rouler sur ses joues. Elle aurait pu demander de l'aide à ses parents, mais ç'aurait été une défaite trop dure à surmonter. « Voilà où j'en suis : pas de travail, pas d'argent, pas de compagnon… Je n'ai que des dettes, et ces horribles chats dans la cour qui m'empêchent de dormir », se dit-elle en calculant qu'il ne lui restait que cinq mois avant de fêter ses quarante ans. Nagore se sentait au milieu de turbulences existentielles qui la happaient irrémédiablement dans un vide sidéral.

Histoire de se redonner un peu le moral, elle plongea dans ses souvenirs pour se rappeler l'été où elle était partie camper avec Lucía, sa copine de fac. Deux étudiantes en arts graphiques en goguette dans le sud de l'Angleterre, parcourant le Somerset à la recherche du Graal…

Soudain, son Smartphone vibra deux fois et l'écran s'illumina dans le noir. Nagore éteignit l'appareil sans même y jeter un œil. Alors qu'elle tentait de se rendormir, elle se demanda qui avait bien pu lui envoyer un WhatsApp en plein milieu de la nuit.

Il y a un loup

La sonnerie du téléphone fixe réveilla Nagore en sursaut. Cela faisait à peine deux heures qu'elle avait réussi à plonger dans le sommeil. Elle enfouit aussitôt la tête sous son oreiller en attendant que la personne à l'autre bout du fil raccroche. L'appareil était dans le salon, car elle ne recevait sur cette ligne que les appels de télévendeurs pressés de lui proposer des produits miraculeux.

Le son strident cessa enfin, et elle soupira de soulagement. Elle était sur le point de se laisser aller à somnoler lorsqu'une nouvelle salve de sonneries dynamita son répit. Elle comprit que ce commercial-là ne s'avouerait pas vaincu facilement. Elle se leva en vacillant à chaque pas, comme si elle marchait sur le pont d'un bateau. Sa première impulsion fut de débrancher la prise et de retourner dans son lit, mais l'ombre d'un doute lui fit porter le combiné à son oreille.

— Nagore ! C'est toi ?

Cela faisait deux ans qu'elle n'avait pas entendu la voix fraîche et dynamique de son amie, à qui elle pardonna aussitôt d'appeler à huit heures et demie du matin.

— Lucía… J'ai justement pensé à toi cette nuit.

— Tu as lu mon WhatsApp ?

— Euh… non… pas encore. Je dormais. Enfin, j'essayais de dormir. Il est arrivé quelque chose de grave ? Quelqu'un est mort ? demanda-t-elle, soudain inquiète.

Un rire cristallin éclata à l'autre bout du fil, signe que sa vieille copine n'avait pas changé.

— Bien sûr que quelqu'un est mort ! Des gens meurent tous les jours, dit-elle avec philosophie. Mais je t'appelle pour une bonne nouvelle… Il y a quelques jours, j'ai reçu un message d'Amanda depuis un refuge dans l'Atlas. On s'est rappelé quelques anecdotes de la fac et on s'est donné des nouvelles… Je suis désolée, je sais que j'ai été hors circuit ces derniers temps… L'arrivée d'un bébé absorbe tout ton temps, comme un trou noir.

— J'imagine, dit Nagore, en proie à une soudaine tristesse. J'ai très envie de faire la connaissance de…

— Saúl. Il s'appelle Saúl.

Nagore allait s'excuser, mais Lucía la coupa de sa voix chantante.

— Eh, aucun souci ! Tu feras sa connaissance bientôt.

— C'est vrai que je n'étais pas là non plus… Je viens juste de rentrer après dix ans à Londres parce que… Bon, tout ça n'a plus d'importance, maintenant. C'est quoi la bonne nouvelle ? demanda Nagore, qui ne put retenir un bâillement.

Elle s'attendait à une annonce du type : « Je suis de nouveau enceinte » ou « Je vais me marier et je veux t'inviter à la noce », mais le membre le plus optimiste du trio Tête de Mort, comme on les appelait à la fac, déclara :

— Il faut que je t'explique de vive voix… Tu veux que je passe chez toi ? Je dois être au bureau à dix heures, mais on peut prendre un café avant.

Tout en sentant poindre un sévère mal de crâne, Nagore balaya du regard le désordre sauvage du salon et dit :

— Plutôt au bar du marché… Je peux y être dans vingt minutes.

Une douche et à peine cinquante pas plus tard, Nagore embrassait son amie. L'énergie débordante de cette dernière la fit se sentir encore plus abattue et déprimée.

Elle continuait de penser qu'elle serait mieux dans son lit, mais elle connaissait suffisamment Lucía pour savoir qu'il était impossible de se débarrasser d'elle aussi facilement que cela. Elle avait certes un grand cœur, mais elle était têtue et autoritaire. Si elle avait décidé qu'elles devaient se voir à neuf heures du matin, il en serait ainsi, quitte à devoir enfoncer la porte de son appartement. Ça ne servait à rien de lui résister quand elle voulait quelque chose.

— Deux oranges pressées et deux cafés, commanda-t-elle au serveur sans même consulter Nagore. On se partagera aussi un sandwich comme ça.

— Hé, doucement ! la freina-t-elle. J'ai juste quelques pièces sur moi… Ça fait un bail qu'on ne s'est pas vues, et je t'informe que je suis à sec.

— Je le sais, andouille… Amanda m'a expliqué que tu cherchais du boulot sans trop de succès… Pas

15

de souci, c'est moi qui invite. Et on a un truc à fêter !
Tes problèmes financiers sont sur le point de se régler.

— Ah oui ? demanda Nagore, incrédule.

— Absolument, c'est pour ça que je voulais te voir.
La bonne nouvelle, c'est que, par un hasard incroyable,
je t'ai trouvé un emploi.

Sous l'effet de surprise, Nagore se dit que tout allait
beaucoup trop vite pour sa tête, bien malmenée.

— Pour de vrai ? balbutia-t-elle. De quoi s'agit-il ?

Lucía mordit dans son demi-sandwich au saumon et
but une gorgée de jus d'orange avant de s'expliquer :

— Ce n'est sans doute pas le job de tes rêves, mais
il te permettra de payer tes factures et des petits extras.
La prochaine fois, c'est toi qui m'inviteras au café,
dit-elle avec un sourire satisfait.

— Et comment sais-tu qu'on me le donnera ?
J'imagine que je devrai passer un entretien, et là… je
dois avoir une tête de loser, car je n'ai fait qu'essuyer
des refus ces derniers temps.

— Mais pas cette fois-ci, tu devras seulement faire
la connaissance de la boss.

— Comment peux-tu savoir ?

— C'est un cœur d'or.

Lucía termina son café d'un trait et s'essuya les
lèvres avec un coin minuscule de sa serviette en
papier. Elle posa ensuite ses petites mains délicates sur
la table, fixa Nagore droit dans ses yeux verts et reprit,
d'un ton sérieux :

— Le fait que tu n'aies pas trouvé de boulot jusqu'à
maintenant n'a rien à voir avec ton âge, mon ange. Le
problème est peut-être que tu ne sais pas ce que tu
veux, et ça saute aux yeux des personnes qui doivent
décider si tu es la bonne candidate pour le job.

Nagore soupira, irritée. Après deux ans de silence, Lucía n'avait pas le droit de débarquer et de la juger.

— Mais je t'ai trouvé la solution idéale, poursuivit-elle. Une amie japonaise, qui s'est installée à Barcelone, a besoin de quelqu'un de confiance pour le café qu'elle est sur le point d'ouvrir. Elle peut d'emblée te payer mille euros par mois, avec la sécurité sociale, les congés payés, etc.

Le garçon qui les avait servies tendit l'oreille. Nagore se dit qu'il gagnait peut-être moins que ce que Lucía venait de lui proposer.

— Je n'ai aucune expérience de serveuse… Quand elle me fera faire un essai, elle se rendra bien compte que je ne suis pas la bonne personne pour le job.

— Mais pas du tout ! rétorqua Lucía en passant sa main dans ses cheveux d'un noir de jais. C'est le genre d'endroit où les clients restent une heure avec un café, et je crois qu'on ne tient pas à plus de quinze. Yumi a besoin de quelqu'un qui parle bien anglais, comme toi, car c'est la seule langue qu'elle connaît. À part le japonais, bien sûr.

— Effectivement, ça n'a pas l'air si terrible, reconnut Nagore en se détendant. Et il se trouve où, ce café ? Tu as une idée des horaires ?

— C'est à dix minutes d'ici. Tu travaillerais de quatorze à vingt heures, samedi compris. Elle t'attend cet après-midi, car elle voudrait ouvrir lundi prochain.

Dépassée par les événements, Nagore se dit qu'elle aurait le week-end pour se faire à l'idée. Travailler six jours par semaine dans quelque chose de nouveau pour elle lui semblait une montagne, mais c'était toujours une meilleure solution que de ne plus pouvoir payer son loyer et de se retrouver à la rue. À condition de réussir l'examen de passage…

— Si tu lui plais, Yumi te proposera un mois d'essai, puis un contrat à durée indéterminée dans un second temps. Je sais que ta mission dans la vie n'est pas de servir du thé et des petits gâteaux, mais ça devrait faire l'affaire en attendant que tu trouves quelque chose qui te convienne mieux. Il y a juste un conseil que je veux te donner : contrôle ton mauvais caractère si tu ne veux pas revenir à la case départ.

— Pourquoi me dis-tu ça ? répliqua Nagore, indignée. Tu sais que je suis une fille sympa, enfin… presque toujours. Il y a un truc qui m'échappe ?

— Eh bien… disons qu'il y a un petit détail dont je ne t'ai pas encore parlé.

— Quel genre de détail ? demanda la jeune femme, craignant tout à coup que son amie soit en train de lui refiler un plan boulot dans un lieu de débauche.

Lucía sourit nerveusement avant de déclarer :

— C'est un bar à chats.

Tu souffres d'ailurophobie, ma chère

Nagore passa la demi-heure suivant le départ de Lucía à regarder sa tasse de café vide. Les rires d'un groupe de travailleurs du bâtiment qui venaient d'arriver contrastaient avec son état d'âme. Sans force pour se lever, elle tourna le regard vers l'horrible tableau suspendu derrière le bar. Dans un style amateur grossier – c'était sans aucun doute l'œuvre d'un membre de la famille des patrons –, la peinture représentait un arbre pelé balayé par la tempête. Ce squelette végétal était sa vie, et la tempête qui allait s'abattre avait un nom : le Neko Café.

Avant de partir, Lucía lui avait donné le nom de l'établissement où elle pourrait avoir ce job, en lui précisant que *neko* voulait dire « chat » en japonais. Nagore n'avait pas osé lui dire qu'elle se sentait incapable d'y travailler malgré ses gros besoins d'argent. Elle irait à l'entretien par correction, mais se débrouillerait pour ne pas être prise.

La tête entre les mains et ses cheveux noirs formant un rideau qui la protégeait du monde extérieur, elle baissa les yeux sur sa robe. Après des années de bons et loyaux services, elle réclamait à grands cris sa retraite, mais Nagore savait qu'il était impossible pour elle de renouveler sa garde-robe cet été.

Au bord de la crise de nerfs, elle ne cessait de penser aux chats des rues qui transformaient ses nuits en cauchemar. Et il faudrait en plus qu'elle supporte des chats le jour, qui plus est dans un café qui leur serait dédié ? Pour reprendre l'expression favorite de son ex, *no way*... Elle aurait préféré que Lucía lui propose de travailler dans un magasin de reptiles ou une réserve d'araignées venimeuses plutôt que dans cet endroit où elle devrait se coltiner et nourrir ces monstres d'égoïsme à poils. Depuis que la chatte de sa grand-mère l'avait méchamment griffée au visage la fois où elle l'avait caressée alors qu'elle mangeait, elle détestait cette engeance de toute son âme.

Après une petite sieste pour se remettre de ses émotions, Nagore sentit que le désespoir et la rage avaient cédé le pas à la résignation. Sous la douche, elle se rendit compte qu'elle n'était pas en position de refuser une quelconque proposition, quand bien même il s'agirait du travail le plus épouvantable au monde.

Il flottait dans l'air un parfum de fleur d'oranger qui provenait des arbres de la place. Elle enfila la rue piétonne et s'arrêta au numéro 29 avec dix minutes d'avance tant elle était nerveuse. Avant d'oser entrer, elle étudia les lieux à une certaine distance. Elle avait le front et les mains en sueur, et ça n'avait rien à voir avec la chaleur écrasante du mois de juillet à Barcelone. Elle prit plusieurs respirations longues et profondes, comme le lui avait appris sa prof de yoga à Londres.

Sur l'enseigne au-dessus de la porte d'entrée, on pouvait lire les mots « NEKO CAFÉ » sur une grande tasse de café d'où émergeait une petite tête de chat tigré. Si elle avait pu faire abstraction de son aversion, elle aurait trouvé ce logo très sympa.

Une grande baie vitrée laissait voir les seigneurs et maîtres des lieux. Deux d'entre eux étaient perchés sur les branches d'un faux arbre équipé d'un poste d'observation au sommet. Un autre, tapi sous une table, la surveillait avec méfiance. Elle en aperçut encore deux au fond du café, lovés en boule dans un panier d'où dépassaient leurs deux queues.

Une vraie scène de cauchemar.

Décidant de rebrousser chemin, Nagore se retourna brusquement et faillit percuter une Japonaise menue et élégante. Elle portait des vêtements blancs et noirs, comme les couleurs de l'enseigne.

— Tu dois être Nagore, dit-elle dans un anglais impeccable tout en lui présentant une carte à deux mains avec une légère révérence. Nous n'ouvrons au public que lundi, mais tout est déjà prêt.

Nagore rangea la carte de Yumi dans son sac et se dit qu'elle avait peut-être commis une maladresse en venant sans son CV, ou au moins une carte de visite.

— Lucía m'a dit que tu adorais les chats, dit la Japonaise en ouvrant la porte et en l'invitant à entrer.

Nagore avala sa salive en même temps qu'elle foudroyait son amie par la pensée.

— Tu n'entres pas ? demanda Yumi en agitant ses mains, petites et blanches.

Incapable de dire un mot, Nagore se contenta de répondre avec un signe de la tête. Quand la porte se referma derrière elle, elle sut qu'il n'y avait plus d'échappatoire. Elles se trouvaient dans une petite entrée avec un banc de chaque côté et une seconde porte qui ouvrait sur l'espace des chats.

— Tu vois, c'est grâce à ce petit salon de séparation que les petits ne peuvent pas s'échapper dans la rue. Ils ne connaissent pas la ville et ne survivraient pas aux voitures. C'est ici que nous accueillons les clients qui ont réservé une heure au Neko Café. Les livraisons aussi se font ici.

Nagore eut un frisson de répulsion en l'entendant appeler « les petits » ces fauves qu'elle sentait à l'affût de l'autre côté de la porte… que Yumi venait d'ouvrir.

— Je vais te préparer un café… dit-elle en l'invitant à s'asseoir à une table sur le côté du bar. J'en ai pour une minute.

Tandis que la Japonaise manipulait la cafetière avec dextérité, Nagore sentit qu'elle commençait à manquer d'air. Quand son café crème atterrit devant elle sur la table, elle regarda la mousse avec horreur. Au moyen d'un ustensile fin, la patronne avait dessiné dans la crème la tête d'un félin pourvu de grandes moustaches.

« Je ne veux pas de chat dans mon café, pitié ! », protesta Nagore intérieurement en évitant de regarder les sept paires d'yeux braqués sur elle. Des yeux bleus, jaunes, verts ou orange, entre autres tonalités. Alors qu'elle était au bord de la crise de panique, la question de Yumi sur ses emplois précédents lui parvint comme un écho lointain.

— J'ai vécu dix ans à Londres, expliqua-t-elle avec effort. J'avais ouvert une galerie d'art avec mon compagnon. Nous vendions des petits tableaux d'artistes locaux dans le quartier de Whitechapel. Ça n'a pas été facile au début, mais ça fonctionnait plutôt bien les dernières années… (Une larme traîtresse s'échappa de son œil gauche et roula sur sa joue.) Et puis, mon compagnon est tombé amoureux de notre plus jeune artiste et il m'a quittée. C'est la raison pour laquelle je suis rentrée.

Les mains posées sur la table, Yumi la regardait fixement de ses yeux pétillants.

— La vie est pleine d'accidents, ma chère, et il vaut mieux se fracasser, même violemment, plutôt que poursuivre sur une voie qui ne mène nulle part, dit-elle d'un ton bienveillant.

Nagore se concentra sur une série de respirations profondes, reconnaissante envers Yumi de poursuivre seule la conversation.

— Lucía m'a dit que tu avais besoin d'un travail de toute urgence, et j'ai aussi besoin de toi, alors je suis sûre que nous allons nous entendre. Sans compter que ton job ici ne sera pas très différent de ce que tu faisais à Londres.

Nagore leva les sourcils, perplexe.

— Chaque chat est une œuvre d'art en soi, et ta mission, de fait, consistera à vendre chacune de ces œuvres d'art.

— Vendre ?

Un chat avec une tête de raton laveur, couleur café au lait, dressa les oreilles depuis un pouf tout proche.

— Oui… La mission d'un bar à chats, au-delà de gagner de l'argent pour couvrir les frais courants, c'est de les faire adopter par les clients. Quand les uns partent, nous en accueillons de nouveaux qui nous sont confiés par la Société protectrice des animaux.

— C'est très sensé…

Avant que Nagore puisse finir sa phrase, le chat à la tête de raton laveur sauta du pouf et avança furtivement dans sa direction. Elle se figea comme une statue. Sans crier gare, et sans pitié, le chat sauta sur ses genoux, lui arrachant un cri de terreur. Ce dernier ne parut pas perturber le moins du monde le sans-gêne, qui se pelotonna sur ses jambes en ronronnant, étranger à sa souffrance.

— Je te présente Cappuccino, dit Yumi, amusée. C'est l'enfant gâté de ce lieu.

Nagore était déjà en hyperventilation quand la Japonaise attrapa le chat blanc et crème et s'adressa à lui comme à un enfant :

— Tu veux bien nous laisser discuter un peu ?

Elle le posa par terre et, regardant du coin de l'œil Nagore, reprit :

— Tu adores peut-être les chats, mais tu souffres d'ailurophobie, ma chère.

— Ailu… ro… phobie… c'est quoi, ça ? demanda Nagore en sentant la fièvre grimper en flèche.

— Phobie des chats.

Percée à jour, Nagore ne retint plus ses larmes, qui inondèrent librement son visage en sueur.

— Ne t'en fais pas, il n'y a aucun mal à cela. En fait, c'est même presque mieux pour les petits.

— Que veux-tu dire ? demanda Nagore en séchant ses larmes avec une petite serviette en papier.

— Regarde ce qui s'est passé avec Cappuccino… c'est un chat très curieux, et en même temps très peureux. En temps normal, il ne saute jamais sur les genoux de quelqu'un qu'il ne connaît pas.

— Je ne comprends pas…

— Les chats ne comprennent peut-être pas les mots, mais ils sont très doués pour lire les émotions. Cappuccino a parfaitement compris que tu étais morte de peur et que tu ne bougerais pas s'il montait sur tes genoux. C'est pour cela qu'il l'a fait. Il sait que tu ne l'embêteras pas et que tu ne lui feras pas de mal.

— Et pourquoi est-ce que je lui ferais du mal ? demanda Nagore, de plus en plus perplexe, alors que le félin en question restait à leurs pieds, à l'affût d'une nouvelle occasion de sauter sur ses genoux.

— S'il y a une chose que les chats détestent, c'est qu'on les tripote. Tu pourras le constater quand on ouvrira lundi. C'est la raison pour laquelle, au milieu d'un cercle de personnes, ils choisiront toujours celle qui ne les caressera pas, précisément parce qu'elle a peur d'eux.

— Alors… ça… ça veut dire que je suis embauchée ?

— Absolument ! répondit Yumi d'un ton joyeux. Cet après-midi, nous irons signer le contrat chez la comptable.

Présentations informelles

Quand les nerfs de Nagore se calmèrent un peu, elle fut en mesure de voir que l'espace était décoré avec goût. Les murs étaient peints de couleurs douces, et il y avait une demi-douzaine de tables basses avec des sièges de couleur et deux grands arbres à chats. Les litières étaient sous les bancs, à l'écart de l'endroit réservé aux repas.

Yumi lui expliqua avec une précision toute nippone les tâches à accomplir avant l'arrivée des clients pour le bien-être des « petits ».

— Ils n'auront besoin de toi que pour nettoyer leur litière et pour leur donner à manger deux fois par jour, rien de plus. Même confinés à l'intérieur, ils sont très indépendants, tu verras. Ta mission consistera surtout à t'occuper des humains : les accueillir, leur expliquer quel comportement ils doivent avoir avec les chats, préparer les cafés avec moustaches... on a aussi des petits souvenirs en vente dans la vitrine à côté du bar.

Nagore leva la tête pour voir la sélection d'objets : des tasses avec le logo du café, des pendentifs félins, des dessous de verre en forme de patte et d'autres gadgets parfaitement inutiles à son avis.

— Et maintenant, comme tu vas travailler avec eux, voici l'heure des présentations. Tu as déjà rencontré Cappuccino, dit Yumi pendant que l'intéressé récupérait sa position sur le pouf. À présent, je voudrais que tu fasses la connaissance de ce monsieur, là-haut.

Sur la plateforme la plus élevée de l'arbre artificiel, il y avait deux spécimens endormis, pelotonnés l'un contre l'autre, une bête énorme et un rouquin de plus petite taille.

« On dirait des carpettes, pas des chats », pensa Nagore avec dégoût.

— Ce géant blanc s'appelle Chan. C'est notre maître zen. Il est assez âgé, et tu verras qu'il a perdu un œil. On ne connaît pas son histoire, mais tous les autres chats se battent pour dormir avec lui. Le seul souci, c'est qu'il devient un peu fou à la pleine lune, ajouta Yumi d'un ton pensif.

— Qu'est-ce que tu veux dire par « un peu fou » ? demanda Nagore en lançant un regard angoissé à l'énorme masse poilue.

— Oh, rien de bien méchant ! Il se met à fouiner partout en miaulant, comme s'il avait perdu quelque chose.

Nagore hocha la tête, pas rassurée pour autant.

— Le chat le plus turbulent, c'est celui qui dort avec le maître : cette boule de poils roux s'appelle Licor. C'est encore un bébé. Il n'a même pas six mois. C'est une vraie tornade. Si tu essaies de le toucher, il détalera en courant, même s'il ne peut pas aller bien loin.

« Je me garderai bien de le toucher », se dit Nagore au moment où, horrifiée, elle sentit quelque chose de doux lui frôler les jambes par-derrière, juste au-dessus de la cheville. Elle se retourna aussi sec, mais ne vit rien. Redoublant d'efforts pour garder son sang-froid, elle ne put s'empêcher de demander :

— Mais qu'est-ce que tous ces chats font ici ? Et il y en a combien ?

— Le café accueille sept chats pour le moment. Notre mission est de leur trouver un foyer permanent. Tu voudras peut-être en prendre un chez toi ?

En lisant la peur dans les yeux de Nagore, elle se pencha au-dessus d'une caisse en bois avec un trou en haut, et reprit :

— Là-dedans se cache Smokey. Tu ne la verras presque jamais ! Elle a une aptitude incroyable pour se volatiliser, d'où le nom de notre princesse de fumée aux magnifiques yeux verts. En plus d'être très douée pour se cacher, elle adore sortir de nulle part comme un fantôme avant de disparaître tout aussi rapidement. Elle est insaisissable, et jusqu'à présent personne n'a même réussi à la toucher.

Nagore se pencha prudemment au-dessus du trou au sommet de la caisse, mais elle ne réussit qu'à apercevoir deux étoiles vertes qui brillaient dans l'obscurité.

— Elle est noire ? demanda-t-elle à Yumi en essayant de maîtriser ses nerfs.

— Oui, entièrement… Smokey est une petite panthère noire toujours en alerte. Un peu comme toi, non ? Je parie que tu es dure à attraper !

— Non… répondit Nagore dans un murmure, sans comprendre le commentaire. En fait, je déteste courir.

— D'accord, mais tu as de beaux yeux verts et des

cheveux aussi noirs que ceux d'une Japonaise… Tu as peut-être plus de points communs avec Smokey que tu ne le crois.

Nagore lâcha un petit rire bête pour toute réponse.

Yumi rejoignit un chat tigré qui bâillait sur un coussin posé par terre au centre de la pièce, tel un radeau au milieu de la mer. Juste à ce moment, Smokey sortit de nulle part comme une Ferrari noire et se faufila entre les jambes de Nagore avant d'effectuer un saut olympique sur l'arbre proche de la vitrine. Yumi laissa échapper un rire tellement doux que Nagore aussi se mit à rire, ce qui l'aida à faire redescendre son état de tension.

— Tu te rends déjà compte que ce sont des esprits libres, dit Yumi en relâchant un peu l'attache de ses cheveux, qui libéra des mèches noires sur ses oreilles.

— Tu veux vraiment dire que ça ne les dérange pas que je sois ici, c'est ça ?

— Tout à fait, ils s'en moquent éperdument. Tu peux être tranquille, dit-elle en caressant le chat tigré, qui parut sourire les yeux fermés. Ce que tu penses d'eux leur est parfaitement égal. Si un chat veut quelque chose de toi, il te le fera savoir. S'il a besoin de nourriture ou de n'importe quoi d'autre, tu le sauras immédiatement. (Elle tapota le dos du chat tigré.) Je te présente Sherkhan. Dans plusieurs langues parlées en Inde, son nom signifie le « seigneur tigre », mais ce seigneur-ci est surtout intéressé par les chiens…

— Il aime les chiens ? s'étonna Nagore.

— Eh bien, disons qu'il aime les rendre fous. C'est un caïd. Quand il en voit un sur le trottoir devant le café, il se jette sur la vitrine pour lui faire peur.

Depuis son pouf, le chat à la tête de raton laveur, au museau rose et aux yeux bleus comme un ciel d'été suivait l'explication de Yumi avec grand intérêt. Nagore pria pour que Cappuccino ne fasse pas une nouvelle tentative pour sauter sur ses genoux. Il semblait manigancer quelque chose... mais finalement il alla déloger Sherkhan de son coussin, chose que le chat tigré accepta avec résignation.

— Voilà une autre caractéristique de notre enfant gâté, expliqua Yumi. Il veut toujours la place des autres.

Yumi se tut un moment pour mieux observer la scène. Quand le chat-raton laveur commença à faire sa toilette sur le coussin qu'il venait de ravir, elle reprit le fil de son discours.

— Je finis les présentations pour ne pas t'embêter plus longtemps. La boule de poils longs, là, c'est Blue, notre doyenne au mauvais caractère. (Yumi montra un chat lové dans un coin, avec un air pas très aimable.) Pour mettre en garde contre ses attaques, elle porte un collier jaune. Blue déteste les autres chats, et elle n'aime pas les humains non plus. Tu devras veiller à ce que les clients se tiennent à distance, ou bien ils auront des problèmes.

Nagore fit un léger signe de tête, enregistrant soigneusement dans un coin de sa tête de ne jamais s'approcher de la chatte au collier jaune, qui pourtant s'appelle Blue.

— Et voici le dernier de la tribu ! Ce jeune chat blanc et noir avec une demi-moustache, c'est Figaro !

Alors que le susmentionné marchait sur un banc, la Japonaise le saisit d'un geste rapide et le berça dans ses bras en poursuivant :

— Figaro est pacifique comme une peluche et il est d'une patience infinie. Quand son ancienne maîtresse, une dame très âgée, est décédée, son petit-fils nous l'a amené ici. Ce qu'il aime par-dessus tout, ce sont les câlins et la musique classique… Quand je lui mets du Bach, il ne bouge plus et dresse les oreilles. Il ne veut pas en perdre une note.

Figaro frotta sa tête contre le menton de Yumi, comme pour demander plus de caresses. Après s'être un peu occupée de lui, elle reposa le chat sur le banc en bois et revint s'asseoir à côté de Nagore, encore toute raide.

— Alors… Est-ce que tu penses que tu pourras supporter ?

Nagore poussa un long soupir. Prenant ce dernier pour une réponse affirmative, Yumi sortit un jeu de clés de son sac et, avec un sourire, le donna à la nouvelle employée.

— Comme je ne serai pas souvent là, tu devras venir à quatorze heures. Tu auras deux heures avant l'ouverture au public pour tout préparer. Tu commenceras par leur donner à manger et de l'eau fraîche, puis tu nettoieras les litières… Tu verras, ils y iront aussitôt. Ensuite, tu t'occuperas des gâteaux et tu les mettras dans le four, puis tu vérifieras qu'il ne nous manque rien. Enfin, tu feras le point sur la liste des réservations.

— Je crois que je peux faire tout ça, s'entendit dire Nagore.

— Parfait ! Et ne te fais pas de souci pour ton ailurophobie… Les chats passeront à côté de toi comme si tu n'existais pas. Au pire, s'ils ont besoin de quelque chose, tu seras à leur service. N'attends aucune démonstration d'affection de leur part. Cappuccino est une exception.

Nagore jeta un nouveau coup d'œil au chat aux yeux bleus et au pelage café au lait. Son instinct lui dictait de ne pas faire confiance aux exceptions, surtout quand elles se présentent sous la forme d'un chat avec une tête de raton laveur.

— Et voici une leçon importante que m'ont donnée tous les chats, dit Yumi pour conclure cette petite cérémonie de présentation : accepte-toi comme tu es, et tu n'auras pas besoin de l'approbation des autres.

L'oracle félin

Le quartier était silencieux comme dans les films après une attaque de zombis. Nagore adorait le dimanche matin, quand le calme régnait de nouveau après la fête du samedi soir.

Peut-être en raison de la tension produite par les derniers événements, elle avait réussi à dormir d'une traite. Il était un peu plus de huit heures quand elle alla dans la cuisine pour préparer son café avec la dernière capsule qui lui restait. « Voilà qui est préoccupant », pensa-t-elle en remplissant une demi-tasse de ce breuvage mousseux au goût si peu naturel. En attendant qu'il refroidisse, elle mordit dans une pomme à la peau rugueuse qui traînait depuis un bon moment sur le plan de travail.

Déjà enfant, le dimanche l'angoissait. Au lieu de profiter du jour de break, elle le vivait comme un compte à rebours jusqu'au lundi, où ce qui l'attendait était à des années-lumière de tout ce qu'elle avait pu imaginer. Sur le point de franchir la frontière tant redoutée des quarante ans, elle était de nouveau la proie de cette sensation écrasante de panique mêlée de perplexité.

Elle but quelques gorgées de café noir et sans sucre, comme elle l'aimait, avec le projet de profiter d'un peu de calme. Avant onze heures, elle aurait droit à l'opéra du dimanche, car son voisin du dessus, un veuf d'un âge indéterminé, sacrifiait à une sorte de tradition dominicale : écouter des arias à plein volume. Cela lui laissait supposer que l'appareil auditif du pauvre homme était obturé…

Elle n'avait rien d'urgent à faire. Ses pieds nus la conduisirent jusqu'au bureau du salon, où l'attendait une montagne de livres, qui se trouvait là depuis qu'elle avait hâtivement déballé les cartons de son déménagement de Londres. Il y avait là des romans historiques qu'elle aurait eu envie de lire dans des circonstances normales, mais ces derniers mois elle avait perdu tout intérêt pour la lecture. Et pour presque tout, d'ailleurs.

Tout en haut de la pile se trouvaient les trois livres que Yumi lui avait donnés pour qu'elle se familiarise un peu avec les chats. Elle les saisit à contrecœur et les emporta sur le canapé avec un stylo et une feuille de papier. Sa nouvelle patronne lui avait promis que ces lectures la divertiraient, et qu'en plus elles lui seraient utiles si elle avait envie de profiter du week-end pour se préparer à son premier jour de travail.

Elle observa les livres avec méfiance pendant un moment, puis son esprit revint sur cette première rencontre, à l'âge adulte, avec des chats, et plus particulièrement sa rencontre avec le capricieux et despote Cappuccino.

Avant de faire l'effort de se plonger dans la lecture des ouvrages, elle décida de se livrer à une de ses passions qui consistait à faire des listes et des schémas pour essayer de comprendre sa vie. Aujourd'hui, le sujet s'imposait clairement : pour ou contre travailler au Neko Café ?

Pour :
- Avec mille euros par mois, je peux payer mon loyer (qui, heureusement, n'est pas au prix du marché), les factures et même acheter un minimum de nourriture.
- Je m'épargne l'humiliation de demander de l'argent à mes parents.
- Je serai occupée, ce qui m'empêchera de devenir folle en restant enfermée à la maison.
- Je ferai une œuvre humanitaire, même si le mot n'est sûrement pas approprié pour un travail qui vise à ce que des humains ramènent des chats chez eux pour devenir leurs serviteurs.
- J'aime bien Yumi.
- J'ai déjà dit oui.
- J'AI BESOIN D'ARGENT !

Contre :
- Je déteste les chats.
- Je déteste les fans de chats.

Elle resta plusieurs minutes devant sa feuille de papier, mais ne trouva aucun argument à ajouter contre son nouveau travail. Contrariée, elle mit sa feuille de côté et jeta un œil à la couverture des livres qui attendaient qu'elle s'intéresse à eux.

Le Chat du Dalaï-Lama était un roman de David Michie. Un félin au museau foncé la fixait de ses yeux incroyablement bleus. *Je suis un chat*, de Natsume Sōseki, affichait en couverture un chat noir et blanc endormi qui n'inspira pas plus confiance à Nagore. *Chat perdu ; une histoire d'amour, de désespoir et de... géolocalisation* était sans hésitation la proposition la plus alléchante à ses yeux. Ce roman graphique de Caroline Paul arborait sur sa couverture une aquarelle représentant un chat noir sur fond blanc. Nagore dut reconnaître que les illustrations de Wendy MacNaughton lui plaisaient. Il s'en dégageait tellement de chaleur et de joie qu'elle se dit qu'elle tenterait bien quelques aquarelles dans ce style un de ces jours. Cette idée remua quelque chose d'amer dans ses entrailles : cela ferait bientôt un an qu'elle ne pouvait plus dessiner quoi que ce soit.

Pour chasser le malaise qui commençait à la gagner, elle décida de refaire un jeu auquel elle jouait, adolescente, avec sa meilleure amie : l'oracle des livres. Elle allait ouvrir chacun à une page au hasard et elle noterait le bout de texte sur lequel ses yeux tomberaient. Ces lignes constitueraient un message qui la guiderait dans sa nouvelle vie.

L'oracle de *Chat perdu* donna le résultat suivant :

Tu ne peux jamais connaître ton chat. D'ailleurs,
tu ne peux jamais connaître personne aussi bien
que tu le souhaiterais. Et c'est bien comme ça,
car aimer vaut bien plus que connaître.

« Il y a quelque chose de vrai là-dedans, pensat-elle. On pourrait même ajouter qu'on ne peut jamais avoir complètement confiance en quelqu'un. » Sans aller plus avant dans sa réflexion, elle passa au livre suivant, *Le Chat du Dalaï-Lama* :

> — Vous voyez, professeur, ce chat de gouttière et vous avez quelque chose de très important en commun.
> — Je ne vois pas ce que cela pourrait être, jeta le professeur d'un ton glacial.
> — Pour vous, votre propre vie est la chose la plus importante au monde, répondit Sa Sainteté. Eh bien, c'est la même chose pour ce chat.

Elle aurait bien aimé comprendre ce passage, mais Nagore se sentait plus proche du point de vue du professeur que des propos du Dalaï-Lama. Hors de question de penser qu'elle pourrait avoir quelque chose en commun avec un chat ! Elle nota malgré tout consciencieusement la phrase avant d'attraper le troisième livre, *Je suis un chat*, et de l'ouvrir au hasard.

> Si j'avais le temps de tenir un journal, j'utiliserais ce temps pour quelque chose de mieux : dormir sous le porche.

Cette phrase la fit au moins sourire, et elle décida d'accepter le conseil. Après l'avoir notée, elle retourna dans la chambre et suivit la recommandation du chat inconnu : elle allait s'offrir un rab de repos avant que l'opéra n'assaille ses tympans.

S'occuper de sa vie

Quand elle arriva au Neko Café, la lumière de l'après-midi inondait le local et plusieurs chats se prélassaient au soleil près de la vitrine. Nagore prit une profonde respiration en ouvrant la porte. Elle portait son jean gris préféré et de vieilles bottes confortables pour ne pas risquer d'avoir les chevilles griffées par les chats, quitte à avoir les pieds qui cuisent.

Yumi la fit entrer avec un grand sourire et, en guise de salutation, lui dit :

— Est-ce que tu avais déjà vu autant de chats paresseux ensemble ?

La Japonaise, qui portait une longue robe vert foncé, lui fit penser à un personnage de contes de fées. Une chose est sûre, Nagore aurait préféré être avec elle dans une forêt plutôt que dans un bar à chats. Elle tenta de dominer sa nervosité en expliquant qu'elle avait commencé à feuilleter les livres et que, pour l'instant, celui qu'elle préférait était *Chat perdu*.

— Je suis graphiste, dit-elle, et j'aime beaucoup les illustrations de ce livre. Par quoi je commence ? demanda-t-elle, un brin nerveuse.

— Tu vois les bacs de sable sous les bancs ? lui demanda Yumi en lui tendant des gants en caoutchouc. Tu commenceras par nettoyer les litières des chats. Pendant ce temps-là, je vais mettre en route la machine à café. Ensuite, on regardera les réservations et je te laisserai seule pendant deux heures, si ça te va.

— Oui, d'accord… dit Nagore en brandissant une petite pelle et un sac pour nettoyer les litières.

Elle essaya de déconnecter son esprit pour ne pas succomber à la panique. Et s'ils lui griffaient les bras pendant qu'elle retirait les excréments du bac ? Elle ne pouvait rien imaginer de plus humiliant. Pourtant, dès qu'elle se mit à la tâche, elle dut bien se rendre à l'évidence : les félins ne lui prêtaient pas la moindre attention. D'une certaine manière, cela soulagea sa tension.

Yumi mit une compilation de morceaux de piano classique dans un vieux lecteur de CD. Figaro, le chat mélomane, dressa aussitôt les oreilles.

— Tu as fait tes preuves comme nettoyeuse de litières, dit Yumi après avoir mis en marche la machine à café et vérifié les présentoirs de gâteaux. Prête pour passer à l'étape suivante ?

— J'imagine que oui. En quoi consiste-t-elle ?

— Maintenant, il faut te faire connaître de la tribu. Le meilleur moyen, c'est de leur donner à manger et, tu peux me croire, ils sont toujours affamés à l'ouverture. S'ils n'étaient pas face à une inconnue, ils seraient déjà en train de miauler autour de leurs coupelles.

Yumi disparut par une porte située derrière le bar et réapparut avec un grand sac d'aliments pour chats. Nagore le porta jusqu'aux écuelles, puis elle commença à distribuer les croquettes avec une tasse, selon le dosage que lui avait indiqué la Japonaise.

Le bruit du sac réveilla les chats, et la plupart d'entre eux se mirent à courir en direction de Nagore, qui se vit rapidement entourée d'une masse miaulante. Le plus déchaîné était Cappuccino. Dressé sur ses pattes arrière, il semblait chercher à lui arracher le sac des mains. Nagore retint son souffle et se prépara à une attaque sur tous les fronts. Elle parvint tant bien que mal à remplir plusieurs écuelles, qui devinrent aussitôt le centre de toutes les attentions des matous, preuve supplémentaire qu'ils ne s'intéressaient pas le moins du monde à elle, seulement à leur nourriture.

Comme si elle avait lu dans ses pensées, Yumi, qui versait du thé vert dans deux tasses posées sur une petite table, lui dit :

— Un jour, j'ai eu l'occasion d'entendre un conférencier dire que la plupart de nos problèmes sont de véritables articles de luxe. Nous nous en faisons pour tout, y compris pour des choses qui n'ont pas d'importance, tu ne crois pas ? Les chats, eux, ont une grande expertise pour s'occuper de leurs affaires plutôt que de s'en préoccuper.

— En tout cas… pour l'heure, on dirait que je porte une cape d'invisibilité, ce qui me ravit, répondit Nagore avec soulagement. Tu me montres comment utiliser la machine à café ?

— Bien sûr, ma chère. Et puisque tu es graphiste, je t'apprendrai à dessiner une tête de chat moustachu dans le café crème. Les clients adorent. Le secret, c'est la consistance de la mousse, que l'on peut presque sculpter. Regarde…

Juste à ce moment-là, une bagarre éclata entre Cappuccino et Blue, la chatte revêche. Cappuccino avait voulu chiper sa nourriture, et il avait récolté quelques coups de griffes en retour. Pour mettre fin au différend, Yumi sortit de derrière le bar et menaça d'un coussin le chat à tête de raton laveur.

— Cappuccino, n'exagère pas ! Tu as déjà eu ta ration… Laisse Blue manger tranquillement.

Le chat ne semblait pas la comprendre, ou peut-être ne l'écoutait-il pas… Effrayée, Nagore observait à distance comment la chatte au pelage bleu foncé se défendait contre son adversaire capricieux au milieu d'une pluie de miaulements d'indignation et de grognements rauques. Quand Blue se mit vraiment en colère, Cappuccino s'aplatit et commença à reculer, en soufflant et en grognant. Il avait manifestement sous-estimé son adversaire. Pour mettre un terme à la querelle, Yumi finit par leur lancer le coussin. Blue fit un bond pour l'esquiver et se mit à courser Cappuccino à travers la salle.

— Il n'est pas méchant, mais il adore tout piquer aux autres, alors il s'attire toujours des ennuis…

Revenant à la cafetière, Yumi reprit :

— Viens, tu vas t'entraîner à dessiner les têtes de chat dans le café crème.

Bien sûr, le motif lui était des plus antipathiques, mais Nagore était ravie d'apprendre cette technique d'art éphémère. Il fallait utiliser un tube métallique de la taille d'un crayon pour peindre avec du cacao sur la mousse. Tandis qu'elle créait son premier café à moustaches, le téléphone sonna à deux reprises. Yumi ajouta de nouveaux noms sur la liste des réservations, puis elle attendit que Nagore ait fini pour lui expliquer :

— Les premiers clients arriveront à seize heures. Il y a une famille, deux couples et plusieurs amoureux des chats solitaires. Demain, on aura aussi un grand groupe. Pas si mal pour une ouverture, n'est-ce pas ? dit-elle avec fierté.

Nagore acquiesça, avant de demander :

— Où se trouve la liste de prix des consommations ?

— Théoriquement nous ne pouvons pas les facturer. Les normes sanitaires n'autorisent pas la présence d'animaux dans un établissement où l'on sert des boissons et des aliments. Mais les lois sont faites pour être contournées...

Nagore l'interrogea du regard.

— Nous avons le même statut que les associations de protection des animaux et nous ne pouvons percevoir de l'argent que sous forme de don, expliqua Yumi. Le café et les gâteaux que nous servons sont donc théoriquement offerts aux clients. Sinon, les règles basiques sont écrites sur les tables à côté du profil de chaque chat. Tu t'en souviens ?

— Mmm, fit Nagore en jetant un coup d'œil à Blue, qui se reposait sur le perchoir de l'arbre à côté de la fenêtre. Le collier jaune signifie « pas touche », c'est bien ça ?

— Exactement ! Et les autres règles ?

— Les clients peuvent jouer avec les rubans et les jouets destinés aux chats, mais ils ne peuvent pas les toucher, ni les porter, ni les embêter, surtout quand ils dorment.

— Reçue à l'examen. Je dois y aller, à présent. Toi tu restes ici : les petits aiment la compagnie humaine, même s'ils ne le montrent pas.

Quand elle se retrouva seule, Nagore resta sur le qui-vive, mais, contre toute attente, sa terreur était déjà un peu retombée. Elle restait néanmoins vigilante, ayant à l'œil cette tribu de chats gâtés.

Certains dormaient : un sur un coussin au milieu du café, deux dans l'arbre à chats… Son regard se posa en dernier sur Cappuccino, qui la fixait de ses yeux bleu ciel en semblant attendre quelque chose. Son petit museau rose au milieu du masque de raton laveur le rendait presque adorable. Après quelques secondes, il se mit en boule et ferma les yeux.

Nagore sortit lentement de son refuge (c'est comme ça qu'elle percevait le bar) et avança petit à petit en direction du chat qui commençait sa sieste. Elle s'approcha suffisamment pour voir son ventre se soulever à chaque respiration.

— Pourquoi es-tu si vilain quand tu peux être aussi gentil ? lui demanda-t-elle en gardant la distance de sécurité d'un bras tendu.

Le chat se recroquevilla en bâillant, comme s'il était en train de rêver. Sentant que Nagore restait là, il entrouvrit ses yeux bleus pour la regarder avec un mélange de paresse et de curiosité, puis le sommeil finit par le vaincre.

« Mieux vaut s'appliquer à ce que l'on est en train de faire, même si c'est une sieste, plutôt que de s'inquiéter de choses dont on ne sait même pas si elles vont se produire », se dit Nagore.

En plus de tirer cette conclusion, elle prit conscience

de la leçon que lui avait offerte Cappuccino le temps où elle avait été avec lui : sois en accord avec ton cœur. Vouloir être quelqu'un d'autre, feindre des émotions qui ne sont pas les nôtres est une dépense d'énergie inutile et épuisante.

Elle en était à ce point de ses réflexions quand le chat ouvrit les yeux un instant, comme pour dire : « C'est bien, ça. Tu es une bonne élève. »

Le huitième passager

Le temps passa très lentement cet après-midi-là. Alors qu'elle surveillait avec méfiance les sept chats à l'intérieur, le monde extérieur lui fit l'effet d'un havre spacieux et accueillant, malgré la chaleur estivale. Elle sortit prendre l'air une minute, suivie par plusieurs paires d'yeux et d'oreilles. Il fallait encore patienter une heure et demie avant d'ouvrir les portes du café au public, qui commencerait à arriver à seize heures.

De retour dans le local, Nagore vérifia que chaque table avait son petit livret avec le règlement général, les tarifs et les recommandations, ainsi qu'un bref profil de chaque chat. Elle lut rapidement les descriptions : elles faisaient la part belle aux aspects positifs et esquivaient les négatifs, le but étant de trouver un foyer permanent aux félins.

À cette heure de chaleur écrasante, la plupart des chats faisaient leur deuxième ou troisième sieste de la journée. Il n'y avait que Smokey, la princesse noire, et Sherkhan, le tigré, qui jouaient à se courir après en grimpant et en sautant partout. Quand ils se fatiguèrent de ce jeu, ils s'installèrent chacun à une extrémité du local et commencèrent une toilette minutieuse.

Pendant de longues minutes, tout resta silencieux… C'était comme si Nagore faisait partie du mobilier. Il n'y avait pas le moindre mouvement, et même l'air était immobile. Elle faillit s'endormir, comme cette bande de paresseux. La ventilation qui parvenait depuis l'arrière du bar était faible. Nagore se dit que ça serait vraiment bien d'installer la clim… ou au moins un ventilateur.

Soudain, l'ombre d'une panthère surgit de nulle part et atterrit sur le bar où elle était accoudée, lui faisant une peur bleue. Elle attrapa le chiffon de la cafetière pour chasser Smokey, mais la chatte était déjà par terre et se précipitait sur l'arbre à chats le plus proche du bar. La princesse de fumée s'arrêta un instant sur une branche, dans un état de tension totale, pour s'élancer juste après en direction d'un ennemi invisible sur un pouf inoccupé.

Un bourdonnement rapide traversa le local, et Nagore comprit ce qui était en train de se passer : Smokey chassait une grosse mouche. Sa course dans tous les sens laissait ses compagnons indifférents, mais ils étaient plus nombreux à bouger les oreilles chaque fois que la mouche les survolait. Il ne fallut pas longtemps pour que Sherkhan, Figaro et Cappuccino rallient la mission de Smokey et s'élancent dans les airs toutes griffes dehors pour intercepter la mouche. Tandis que Nagore regardait avec effarement leur course chaotique, elle nota que trois chats n'avaient pas pris part à l'aventure. Chan, le géant blanc borgne, dormait avec Blue sur une étagère au milieu de chats en peluche, et Licor, le plus jeune de la bande, se reposait sous un banc.

La jeune femme se dit que ces sept-là maîtrisaient l'art de l'acceptation bien mieux qu'elle. Aucun d'eux n'avait eu la belle vie, n'était arrivé là avec un historique brillant, et pourtant ils dormaient, jouaient, gambadaient et se provoquaient comme s'il n'y avait pas de lendemain. Ils faisaient preuve d'une passion pour la vie qui, sans aucun doute, lui faisait défaut à elle.

Dans un saut quasi olympique, Smokey attrapa la mouche. Les autres chats se précipitèrent aussitôt, mais la chatte leur faussa compagnie et disparut dans le couloir des toilettes réservées aux clients, son trophée entre les dents.

Privés de leur joujou, les trois félins déambulèrent un moment dans le café, buvant une gorgée d'eau, picorant quelques croquettes, avant de s'affaler pour reprendre leur sieste. L'observation de la chorégraphie des chats eut en partie raison de la tension de Nagore, qui se relâcha un peu. Peut-être que rien n'était aussi important qu'elle l'imaginait, et qu'il s'agissait simplement de vivre.

Yumi arriva, les joues rouges, cinq minutes avant l'ouverture du café. Elle déposa son sac sur le bar et consulta aussitôt l'ordinateur.

— Le premier couple d'invités ne va pas tarder à arriver, annonça-t-elle, un peu nerveuse.

Juste à ce moment-là, un jeune homme à lunettes ouvrit la porte de la rue et Yumi se dirigea vers le sas. Ils échangèrent quelques mots avant de franchir la seconde porte.

— Je te présente Sebastián, Sebas pour les amis. Il est comme un membre de l'équipe. C'est lui qui a fait les plans de transformation du local pour aménager le Neko Café. Et puis, je crois que c'est le seul humain qui trouve grâce aux yeux de Blue.

Se tournant vers le jeune homme, Yumi poursuivit :

— Et voici Nagore, la nouvelle employée. Qu'est-ce que tu veux boire ? Un café à moustaches ?

— Oui, avec plaisir ! Où est ma petite chérie ? demanda-t-il en regardant partout autour de lui.

Nagore, qui préparait son premier café crème, lui répondit :

— À côté de Chan, sur le banc en bois.

— Ah… Je vais donc m'asseoir là, juste pour être à côté. Je ne la réveillerai pas, promit Sebas, je connais les règles !

Yumi sourit et se dirigea vers l'entrée pour accueillir un couple.

En milieu d'après-midi, ce fut au tour d'un groupe d'adolescents bruyants et de deux autres couples de se présenter.

Soudain, ce fut le chaos : une des adolescentes marcha accidentellement sur la queue de Cappuccino, qui feula et lui égratigna la cheville avant de déguerpir. Nagore dut sortir la trousse de pharmacie pour désinfecter les griffures de la jeune fille, qui pleurait de peur.

Jusqu'à l'heure de la fermeture, le bruit des voix et les sollicitations excessives surexcitèrent les chats, qui commencèrent à se montrer plus hostiles et fuyants. Nagore, qui ressentait la même chose, se surprit à se ranger du côté des chats.

Quand elle ne servait pas des gâteaux ou des cafés à moustaches, elle faisait son possible pour répondre aux questions des clients, mais n'y parvenait pas toujours. Ce qui est sûr, en revanche, c'est qu'elle n'hésitait pas à répéter : « S'il vous plaît, laissez-le dormir », « S'il vous plaît, ne touchez pas la chatte au collier jaune », « S'il vous plaît, laissez-la tranquille ! ». Ce dernier cri du cœur s'adressait à une adolescente qui n'arrêtait pas de titiller Blue, laquelle avait trouvé refuge dans un coin sous un banc, où elle se terrait.

Nagore décida de mettre un morceau de piano en musique de fond pour apaiser l'ambiance. Yumi, qui enfournait un gâteau, salua l'initiative d'un pouce levé. Figaro, le chat blanc et noir à la demi-moustache, sauta aussitôt sur le bar, bien décidé à rester là pour échapper aux câlins des inconnus et écouter la musique de plus près. Depuis son poste d'observation, il regardait Licor, qui avait accepté de jouer avec les adolescents.

— Il est trop mignon ! s'écriait la meneuse, qui le faisait courir après une baguette à rubans.

Le calme revint après leur départ, mais deux nouveaux couples et un groupe de trois ne tardèrent pas à les remplacer.

Yumi paraissait dans son élément quand elle échangeait avec les clients qui parlaient anglais, nombreux dans le quartier branché de Gràcia. Elle vantait les qualités de chaque chat en vue d'une potentielle adoption, une tâche qui n'allait pas de soi pour Nagore…

Le vieux Chan causa un petit remue-ménage dans l'assistance quand, perturbé par l'agitation humaine, il manqua tomber du banc en essayant de descendre pour aller à la litière.

À vingt heures, un peu avant la fermeture, un dernier client entra au Neko Café. C'était un homme d'âge moyen aux cheveux noirs coupés court. Il portait un pantalon de toile et un polo foncés. Il se dégageait de lui une impression soignée mêlée de discrétion. Quand il s'assit sur le banc en bois, il déposa à ses pieds ce qui ressemblait à une caisse de livres. Chan s'approcha lentement pour l'inspecter. Il renifla d'abord la caisse, puis les chaussures de l'homme. Ce dernier dut lui inspirer confiance, car il bondit avec souplesse sur le banc et s'installa confortablement à côté de lui.

Yumi échangea quelques mots avec lui, avant de faire un signe à Nagore : de l'index, elle dessina une virgule sur sa joue pour commander un nouveau café à moustaches. Après plus d'une douzaine de créations, la graphiste avait largement dépassé sa patronne en matière de peinture sur mousse.

Un calme apaisant régna durant la demi-heure précédant la fermeture. Il n'y avait plus que l'homme en noir. Il prenait des notes au stylo-plume dans son carnet. Chan se tenait toujours à ses côtés, les yeux à demi fermés. Tous deux avaient l'air d'apprécier cette compagnie silencieuse et sans contact physique. Lorsque la grande pendule en forme de chat avec sa queue en guise de balancier sonna vingt heures trente, l'homme rangea méthodiquement ses affaires dans son sac à dos. Après avoir payé, il dit au revoir d'un geste doux de la main. Ses yeux reflétaient un mélange de timidité et de cordialité.

La longue journée se terminait enfin. Une fois la porte fermée à clé, Yumi dérogea au protocole japonais en prenant les mains de Nagore dans les siennes.

— Bravo ! Ton service aussi bien pour les humains que pour les chats a été impeccable, lui dit-elle, les yeux brillants.

— Je ne sais pas trop quoi penser... dit Nagore, épuisée mais souriante. En tout cas, je suis très fière d'avoir survécu.

Yumi était en train de remplir deux verres de thé vert froid quand elles entendirent un bruit étrange du côté du couloir, comme si un chat grattait la porte des toilettes pour sortir. L'attitude inédite de Smokey, qui regardait la porte comme hypnotisée, finit de confirmer cette hypothèse.

Quand les deux femmes s'approchèrent, le bruit fut remplacé par un léger miaulement venant de derrière la porte. Yumi l'ouvrit et, stupéfaite, se tourna vers Nagore. Ce n'était pas un de ses petits.

Un grand chat noir à poils longs les regardait pacifiquement de ses magnifiques yeux jaunes.

Nagore fut la première à pouvoir articuler quelque chose :

— Mais d'où peut bien sortir ce chat ?

Sérénité, courage et sagesse

Yumi essaya de l'attraper, mais l'inconnu fila se cacher sous le placard où était rangée la nourriture des chats. Ne pouvant le déloger, elle décida de donner à manger à tous ses petits, et cette fois le festin bien mérité était une pâtée juteuse à la viande.

— Tu devrais disposer les gamelles près des bancs, proposa Nagore. Et moi, j'en mets une à côté du placard pour voir si ça va lui donner envie de sortir.

Les sept chats commencèrent à manger, en gardant un œil du côté de la cachette de l'intrus. Le récipient contenant sa part était posé à cinquante centimètres du placard : il n'avait pas d'autre choix que de sortir s'il voulait obtenir cette nourriture.

Pendant quelques minutes, il ne se passa rien. Puis, tout doucement, une patte noire surgit de sous le placard en tâtonnant, comme en quête du butin. Devant l'impossibilité de l'atteindre, un museau noir pointa, suivi rapidement du reste de la tête et du corps du félin. Yumi fit signe à Nagore de rester à distance pour ne pas faire peur à ce clandestin arrivé là par le plus grand des mystères.

L'inconnu renifla la nourriture avec beaucoup de précautions avant de commencer à manger. Il jeta encore quelques regards méfiants, puis se mit à mastiquer lentement, avec une parcimonie insolite pour un intrus. Les autres chats n'avaient pas l'air de prêter attention à sa présence. Ils étaient tous bien trop occupés par leur dîner, nettement meilleur que les croquettes. Avant qu'il ait fini sa gamelle, Yumi saisit le nouveau venu avec des gestes précis et le porta dans l'arrière-boutique, où Nagore l'avait devancée.

— On va te regarder de plus près, mon beau matou, dit Yumi en déposant le chat sur le sol. Nagore, tu trouveras à droite sur l'étagère un bocal d'herbe-aux-chats. Passe-le-moi, s'il te plaît.

La jeune femme n'avait aucune idée de ce à quoi pouvait ressembler cette herbe, mais elle ne tarda pas à la trouver grâce aux étiquettes sur les différents bocaux. En se retournant avec le pot d'herbe-aux-chats, elle fut surprise de ne pas voir le félin courir partout. Aussi tranquillement qu'il avait mangé, il se baladait maintenant dans le petit espace. Yumi attrapa une petite poignée d'herbe dans le bocal et l'agita doucement devant le museau du chat, qui parut surpris par cette offrande. Elle en déposa un peu sur le sol pour qu'il puisse la renifler à son aise.

— C'est un vieux truc que j'ai appris de notre vétérinaire. À petite dose, *Nepeta cataria* les relaxe. Parfois, on a même l'impression qu'ils sont drogués. Regarde… ça fait déjà effet.

Après avoir mâchouillé un peu d'herbe, le chat se roula dedans et resta allongé sur le dos, le regard dans le vide. Yumi le caressa un peu et commença à l'examiner. C'était un mâle et il portait, bien caché sous la masse de ses poils longs, un collier avec une plaque. La Japonaise souleva le chat, le déposa sur une console haute et demanda à Nagore de le tenir. Jusqu'à cet instant précis, celle-ci n'avait jamais touché de chat. Jamais. Elle était complètement désemparée, mais n'avait pas d'autre choix que d'accepter. Elle retint sa respiration au moment où elle tendit le bras pour poser une main sur le dos velu et l'autre près du cou du félin. C'était beaucoup plus doux que ce qu'elle avait imaginé. Étonnamment soyeux. Et, contrairement à ce qu'elle avait redouté, le chat ne bougea pas d'un pouce, comme s'il voulait lui faciliter la tâche.

Yumi inspecta le collier. On aurait dit qu'il était fait main, tout comme la petite plaque de bronze brillant. Sur une face figurait ce qui devait être le nom du chat, « SORT », et de l'autre côté on pouvait lire en lettres minuscules le texte suivant :

> Donnez-nous la grâce d'accepter avec sérénité les choses qui ne peuvent être changées, le courage de changer celles qui doivent l'être, et la sagesse de les distinguer l'une de l'autre.

— Tu es Sort, c'est ça ? demanda Yumi au chat.

Il bâilla, puis émit un petit miaulement.

— Je peux le libérer, maintenant ? supplia Nagore, qui sentait qu'elle avait accompli l'acte le plus héroïque de toute sa vie.

Yumi attrapa l'animal pour le déposer par terre.

— L'herbe-aux-chats les drogue. Mieux vaut qu'il ne soit pas en hauteur, il pourrait tomber. Il est difficile d'imaginer qu'un aussi beau chat soit un chat des rues…

— Il est peut-être sorti de chez lui et n'a pas su retrouver son chemin, dit Nagore, admirative de la sérénité du félin, qui semblait attendre l'étape suivante.

— C'est une possibilité… Dans tous les cas, on ne peut pas le laisser enfermé ici. Il faut voir comment il s'entend avec les autres chats. Je vais m'en occuper. Et toi, rentre chez toi. Cela fait un moment déjà que tu devrais être partie.

Nagore remercia sa boss et alla chercher ses affaires. La journée avait été longue… avec une surprise finale en prime. Et ce n'était pas tout à fait fini : Yumi lui en réservait déjà une autre pour le lendemain.

— Demain, avant l'ouverture du café, il faudra l'emmener chez le vétérinaire. Je te laisserai un mot avec l'adresse.

« Vétérinaire ? », pensa Nagore avec horreur. Elle n'avait jamais mis les pieds chez un vétérinaire, et n'aurait jamais imaginé que la première fois serait pour y emmener un chat.

Elle allait ouvrir la première porte pour s'échapper de ce lieu créé pour les félins quand la Japonaise lui posa une question :

— Alors… contente de ta première journée ?

Elle prit sa respiration avant de répondre.

— Je crois que je commence à connaître pas mal de choses sur les chats.

À ce moment-là, Sort décida de s'aventurer dans la salle du café, où tous les yeux, les oreilles et les museaux se tournèrent vers lui.

— Eh bien, nous avons maintenant… huit maestros ! La journée a été longue, merci de l'avoir vécue avec nous. Tu fais déjà partie de la famille.

Nagore remercia Yumi et quitta le café avec la sensation d'avoir passé la moitié de sa vie à l'intérieur.

Elle avait maintenant besoin de digérer tout ce qui s'était passé pendant cette journée. Elle lâcha ses longs cheveux, qui ondulaient au rythme de sa marche. Elle eut d'un seul coup très chaud, enfermée dans ses bottes et dans son jean. Peut-être risquerait-elle ses sandales le lendemain…

La petite prière gravée sur la médaille du nouveau venu lui trottait dans la tête. « Je crois que j'ai toujours voulu changer des choses qu'en réalité je ferais mieux d'accepter… », se dit-elle en accélérant le pas comme si elle cherchait à se fuir elle-même.

Alors que l'agitation de la rue la reconnectait au monde extérieur, elle repensa à la sérénité de ce passager clandestin que rien ne semblait affecter. C'est la deuxième leçon qu'elle avait apprise des chats : du calme avant tout.

« Si seulement je pouvais être comme ça moi aussi », se dit-elle en pressant encore le pas sans raison.

Balade nocturne

La température avait un peu fraîchi, et Nagore eut envie de rester dehors. Elle passa devant chez elle, et continua par les rues piétonnes et les places pleines de terrasses, puis elle remonta la rue Verdi avec l'idée d'arriver au parc Güell.

Elle essayait de donner un sens à tout ce qu'elle avait vécu depuis sa séparation, mais elle n'y parvenait toujours pas. Au départ, c'était elle qui avait parrainé cette Écossaise d'à peine plus de vingt ans qui peignait des microtableaux sur des capsules de bière. Owen était alors persuadé que personne n'achèterait de tableaux de moins de trois centimètres de diamètre, même en les vendant très peu cher, mais Nagore avait réussi malgré tout à le convaincre que c'était le cadeau parfait pour les touristes qui déambulent à Whitechapel en quête d'objets d'art réellement différents. Et ça l'était vraiment.

Avant la fin du premier mois, ils avaient déjà vendu tous les microtableaux, et l'artiste avait dû augmenter sa production. Ceux qui avaient pour thème les paysages industriels de Bricklane avaient un succès fou. On se les arrachait littéralement, aussi Owen commença-t-il à encourager la jeune artiste à travailler dans cette veine. Il lui suggéra ensuite de peindre des séries de quatre ou cinq capsules qu'on pouvait encadrer, et donc vendre à un prix nettement supérieur.

Encouragée par le succès, leur collaboration se fit de plus en plus étroite, jusqu'au jour où Nagore, qui n'était pas censée passer car elle avait son cours de yoga, voulut faire un coucou à l'improviste et les trouva en train de s'ébattre sur le canapé. Après une relation de près de neuf ans, elle aurait pardonné cette infidélité, mais Owen préférait ne pas être pardonné. Il n'était pas disposé à renoncer à cette liaison, qui l'avait ramené au temps de son adolescence.

« Peut-être que tout commence par des petites choses, comme les tableaux de cette traîtresse, se dit Nagore alors que la côte se faisait raide. Et les grandes choses se produisent parce qu'on n'a pas fait attention aux petites. »

Après leur rupture, elle aurait pu retourner chez ses parents, dans le Pays basque, mais c'était une solution qu'elle trouvait pathétique à son âge. Voilà comment elle s'était lancée dans l'aventure de se créer une nouvelle vie à Barcelone.

Comme elle transpirait à grosses gouttes en montant la côte, elle s'arrêta pour acheter une bouteille d'eau. Non mais quelle idée de porter un jean et des chaussures fermées ! Maudits chats ! C'était décidé, demain elle prendrait le risque d'une tenue plus légère. Peut-être une jupe longue…

En arrivant dans le secteur peu touristique du parc Güell, celui qui n'est pas marqué de l'empreinte de Gaudí, une petite brise la revigora. Elle se déchaussa en voyant les premières parcelles d'herbe et marcha pieds nus, en prenant garde aux éventuelles crottes de chien. Elle s'assit contre un tronc d'arbre pour contempler le labyrinthe de la ville, puis ferma les yeux pour mieux sentir la brise qui soulevait ses cheveux. C'est ainsi que, sans raison, dans ce moment de détente bucolique, elle se mit à penser à l'énigmatique Sort. Ce chat s'était retrouvé dans les toilettes du café comme sorti de nulle part, après avoir franchi deux portes qu'il n'avait pas pu ouvrir. Il avait eu un peu peur au début, mais il s'était très vite promené dans la réserve de la façon la plus naturelle du monde. Et il portait ce médaillon philosophique sur son collier… Le chat aux yeux jaunes. Le premier chat qu'elle ait jamais touché. Nagore posa les paumes de ses mains dans l'herbe. Elle avait besoin de la caresser, de sentir les longs brins glisser entre ses doigts. Ça lui coûtait de se l'avouer, mais toucher cette créature tranquille avait été agréable. Un chat avec autant de poils était comme un ballon rempli d'air, mais doux, très doux.

« Sort », dit-elle mentalement. Elle commençait à peine à parler catalan, mais elle savait que ça voulait dire « chance ». Elle se demanda si ce félin placide allait lui porter chance. Pour l'instant, le seul à avoir eu de la chance, c'était lui, qui avait atterri de manière inexplicable dans un paradis pour chats.

La tête lui tourna un peu quand elle se redressa. La nuit commençait à tomber. Elle enfila maladroitement ses bottes, puis attendit un peu avant de se lever. Au moment de quitter le parc pour rejoindre l'asphalte, une légère sensation de sérénité l'enveloppa. Pour la première fois depuis longtemps, depuis des années peut-être, elle se sentait libre.

Il faut être deux pour danser le tango

La faim la tira de son sommeil un peu après huit heures. Son estomac lui rappelait qu'avec le stress de l'ouverture du Neko Café elle n'avait presque rien mangé la veille. La cuisine était un vrai champ de bataille. Elle essaya de tout fourrer dans l'évier, en tout cas ce qui pouvait tenir dedans, en se promettant de se coller à la vaisselle dans la journée. Pourquoi se presser, après tout ? Le lait frais du réfrigérateur était beaucoup plus tentant, surtout avec un peu de chocolat.

Elle avait encore pas mal de temps avant son rendez-vous avec Amanda, qui était rentrée de Marrakech et lui avait proposé de se retrouver à la plage pour échanger les dernières nouvelles. Nagore tartina son pain d'un reste de marmelade d'oranges et jeta un coup d'œil mélancolique à sa machine à café. Le miracle de la multiplication des pains et des poissons était réservé à la Bible et ne s'appliquait sûrement pas aux capsules de café dans son appartement. Elle se contenta donc de son lait chocolaté en se disant qu'une petite virée à la plage n'était finalement pas une mauvaise idée.

Elle devrait bien sûr être au travail à quatorze heures, mais rien ne l'empêchait de s'offrir l'illusion d'être en vacances pendant deux heures.

Comme toujours, Amanda était magnifique. Tout était parfait chez elle : ses cheveux mi-longs dorés, sa peau bronzée, son corps svelte dans son bikini ambre assorti à ses yeux… Elle portait une longue jupe blanche et un sac de plage bleu marine. L'ombre rafraîchissante de sa paillote habituelle sur la plage de Poble Nou accentuait la blancheur de la peau de Nagore et peignait des cernes sur son visage.

— Tu as vraiment une sale… Tu as besoin d'un bain de soleil de toute urgence ! dit Amanda avec une pointe de préoccupation dans la voix. On va prendre des cafés glacés à emporter, et on s'installe au soleil.

Elle attrapa la main de Nagore et l'entraîna comme si elles étaient encore ces gamines de dix-neuf ans qui dévoraient le monde à pleines dents.

Le café fort et amer éveilla les sens de Nagore.

— Merci… soupira-t-elle en se laissant tomber sur sa serviette turquoise.

Son maillot de bain blanc n'allait pas trop avec le reste de ce qu'elle portait, mais elle n'avait pas vraiment eu le choix. De toute façon, à ce moment de sa vie, elle se moquait parfaitement de plaire à qui que ce soit. Elle avait déjà bien assez à faire pour s'aimer telle qu'elle était.

— Alors, c'était comment Marrakech ? Et comment ça se passe avec… ? Excuse-moi, je ne me rappelle plus son nom. Tu changes tellement souvent de copain que je m'y perds.

— Eh, n'exagère pas… Marrakech, c'était l'éclate, mais ça aurait été mieux sans Roberto. OK, il est beau gosse, sportif, sympa, mais je ne sais pas… il est ennuyeux ! Super au lit, mais pas moyen d'avoir une conversation après.

— On ne peut pas tout avoir, la charria gentiment Nagore. Celui d'avant, tu te plaignais justement de son manque de fougue. Comment s'appelait-il, déjà ? Lucas ? Oui, c'est ça, Lucas.

— Lucas était trop cérébral. Tellement correct qu'on avait envie de le gifler pour voir s'il était vraiment humain.

Après cette brève discussion, elles contemplèrent les vagues en silence pendant un moment. Nagore sourit à l'idée qu'Amanda, qui avait pourtant tous les hommes à ses pieds, était une éternelle insatisfaite.

— Lucas a duré deux ou trois mois, Roberto, moins que ça… Tu te rends compte que tu te lasses de plus en plus vite de tes mecs ? demanda-t-elle à Amanda avec une grimace taquine et en roulant des yeux.

Son amie chassa les propos de Nagore d'un geste de la main gauche et, en guise de réponse, proposa :

— On se baigne ? Je suis en train de cuire.

Nagore se leva d'un bond et courut jusqu'à l'eau sans un mot et sans attendre Amanda. Cette dernière éclata de rire et se mit à courir à ses trousses en lui criant quelque chose qu'elle ne comprit pas. C'était fabuleux de jouer avec les vagues et d'oublier tout le reste. Comme au bon vieux temps…

Quand elles revinrent se sécher, la plage commençait à se remplir sérieusement. Des familles avec enfants arrivaient en nombre, et un groupe de jeunes installèrent leurs serviettes tout près d'elles. Après s'être séchée au soleil, Nagore se retourna et dit à Amanda :

— Merci d'avoir parlé de mes problèmes d'argent à Lucía. Si vous n'étiez pas là…

Ces mots furent suivis d'une longue pause, interrompue par Amanda :

— Tu ne serais pas entourée de bestioles comme une dingue de chats, je suis au courant.

Elle se retint de rire et ajouta :

— Il faut que je voie ça ! Tu me laisseras venir, hein, s'il te plaît ?

— Eh, doucement, ma belle ! Je suis encore en rodage, et puis arrête de te moquer. Ça ne m'amuse pas vraiment de passer mes après-midi là-bas.

Nagore commençait à se sentir ridicule et vulnérable. Allongée sur le ventre, elle aurait pleuré en silence si elle n'avait pas senti la main d'Amanda sur son épaule.

— Je suis désolée, je suis un éléphant dans un magasin de porcelaine. Tu sais, je suis très fière de toi d'avoir accepté un boulot dans un bar à chats. Félicitations !

— Tu pourras me féliciter si je tiens jusqu'à la fin de la semaine… Aujourd'hui, je dois emmener un chat chez le vétérinaire. Je suis morte de peur, mais j'essaierai de le faire. Imagine, hier, j'ai même touché un chat !

Amanda la regarda, les yeux écarquillés.

— Impossible, tu me fais marcher ! Toi, tu as touché un chat ? Waouh ! ou je devrais plutôt dire… miaou !

Nagore jeta un œil à son portable et soupira.

— Il faut que j'y aille. Je voudrais me doucher et manger quelque chose avant d'aller au café. Ça tient toujours notre rendez-vous vendredi soir ?

— Et comment ! Je vais essayer de convaincre Lucía, dit Amanda avec enthousiasme. Ça fait tellement longtemps qu'on n'est pas sorties toutes les trois...

Nagore enfilait sa robe en jean sous le regard pensif d'Amanda, puis elle finit de rassembler ses affaires et se baissa pour faire une bise sur la joue de son amie.

— Plus vite tu oublieras Londres et ta vie là-bas, mieux ce sera, ne put s'empêcher de dire Amanda. Ça n'allait plus si bien entre vous depuis plusieurs années, bien avant l'apparition de la petite miniaturiste. Il faut être deux pour danser le tango...

Sept vies à vivre

Nagore passa vingt minutes sous le jet revigorant de la douche à méditer ce qu'avait dit Amanda. Elle n'avait sans doute pas tort, mais c'était sa vie, après tout. Si elle voulait se draper dans sa douleur pendant des années, elle avait parfaitement le droit de le faire.

Perduc dans ses pensées, elle se fit prendre par le temps. Elle avala un sandwich en chemin et dut courir pour être à l'heure au café. Quand elle arriva, Yumi avait déjà donné à manger aux chats et nettoyé les litières, mais elle n'avait pas l'air contrariée.

— J'ai pu avoir un rendez-vous chez la vétérinaire au quart, alors que normalement elle ferme le cabinet à deux heures. Il faudrait que tu partes maintenant pour y être à l'heure. Tu trouveras la caisse de transport dans la réserve.

Le mot était nouveau dans le vocabulaire de Nagore, mais elle n'eut aucun doute en voyant le modèle de cage en plastique avec une anse qu'elle avait déjà vu dans la rue. Malheureusement, Yumi avait oublié de lui préciser qu'il ne fallait jamais exposer l'objet à la vue des chats. Il fallait opérer de manière inverse :

aller chercher le chat, le porter dans la réserve et, une fois qu'il était dans ce réduit, fermer la porte et mettre l'animal à l'intérieur de la caisse. En toute ingénuité, Nagore sortit de la réserve avec la caisse à la main et se planta au milieu du café pour récupérer Sort. À peine les chats l'aperçurent-ils qu'ils décampèrent aussi sec dans toutes les directions. Sous les bancs, plusieurs paires d'yeux étaient sur le qui-vive : les félins étaient prêts à prendre la fuite n'importe où plutôt que de se laisser attraper.

Devant la surprise de Nagore, Yumi lâcha un petit rire.

— Je suis désolée ! J'ai oublié de te dire que les chats détestent les vétérinaires. À la moindre suspicion de visite, ils se volatilisent. Voyons ce que nous pouvons faire…

Yumi décida d'avancer en partie le dîner et demanda à Nagore de servir dans les gamelles de petites portions des boîtes qu'ils adoraient. Elle les disposa au centre de la salle, mais les chats étaient malins : ils avaient compris la manœuvre. Les minutes s'égrenaient très lentement. Le premier à s'aventurer hors de sa planque fut Cappuccino, incapable de résister à l'appel de la nourriture. Quand les autres virent qu'il ne se passait rien, ils commencèrent à le rejoindre, l'un après l'autre. Le dernier à pointer son museau fut Sort. Il essaya de trouver une écuelle disponible, mais c'était mission impossible, en grande partie parce que Cappuccino allait bâfrer compulsivement dans toutes les gamelles libres. Finalement, Sort réussit à manger un peu et Yumi profita de ce moment pour s'approcher tout doucement et l'attraper par la peau du cou. Les autres chats déguerpirent à toute allure pendant que Sort essayait de se libérer, mais elle le tenait fermement.

— Nagore, apporte-moi la caisse, s'il te plaît !

Elles réussirent à pousser le félin à l'intérieur. Une fois installé, il cessa de se débattre et sembla plutôt tranquille.

— Quel chat pacifique ! observa Yumi. Normalement, ça les rend fous d'être enfermés. Et maintenant, dépêche-toi ou le cabinet sera fermé.

Nagore se rendit rapidement compte que Sort pesait son poids. Elle se concentra pour marcher d'un pas régulier de manière à ne pas stresser le chat, vu qu'elle ne se sentait pas capable de faire face à une rébellion dans la caisse de transport.

C'est avec soulagement qu'elle arriva à destination.

La vétérinaire les attendait, en surblouse et pantalon verts. C'était une femme ronde qui s'intéressait bien plus à la créature enfermée dans la caisse qu'à la personne qui la transportait. Tandis que la vétérinaire ouvrait précautionneusement la caisse pour inviter son occupant à sortir, Nagore remarqua dans un cadre suspendu au mur la page d'un livre pour enfants : *Le Tour de l'année en 365 contes*, de Gabriel García de Oro. Le conte était daté du 27 janvier et, rien qu'en lisant le titre, elle comprit pourquoi il était affiché.

Les sept vies à vivre d'un chat froussard
Il était une fois un chat froussard qui ne grimpait pas aux arbres, au cas où il ne pourrait pas descendre.
Il ne sautait pas trop haut, au cas où il se ferait mal en retombant.

Il ne chassait pas les souris, au cas où il trébu-
cherait en courant.

Il ne jouait pas non plus avec les pelotes de laine,
au cas où il s'emmêlerait les pattes.

Il ne se lavait pas plus que nécessaire, au cas où
il avalerait trop de poils.

Il ne sortait pas ses griffes, au cas où il s'érafle-
rait sans le vouloir.

Et vous savez quoi ?

Ce chat vécut de longues années, mais quand il
mourut, il avait encore ses sept vies à vivre.

Pendant tout le temps où la vétérinaire effectua
l'examen de contrôle de Sort, Nagore resta pensive.
Ce conte l'avait complètement désarmée. Elle prit
conscience que, jusqu'à très récemment, elle avait été
comme le chat froussard, incapable de vivre une seule
de ses vies... si tant est qu'elle ait droit à plus d'une
vie.

La voix de la vétérinaire lui parvint comme une
rumeur lointaine.

— En plus d'être en parfaite santé, ce chat est formidable.

— Ah oui ? dit-elle, étourdie.

— Je n'ai jamais vu un chat comme celui-ci...
commenta-t-elle en fixant avec tendresse les yeux
jaunes. On dirait qu'il s'est donné comme objectif
dans la vie de ne pas déranger. Sort est un gentleman.

C'est quoi, un ikigai ?

Quand la porte de la caisse s'ouvrit, Sort se mit à inspecter le café, reniflant ici et là, et laissant les copains qui s'étaient approchés avec curiosité venir le sentir.

Nagore passa derrière le comptoir pour pointer la liste des réservations, puis elle nettoya les tables, vérifia que les vitrines des gâteaux étaient bien approvisionnées et qu'il y avait assez de jouets pour chats dans la salle. Elle repéra aussi quelques petits cadeaux dans les litières et alla les retirer. Ce n'était que son deuxième jour, et pourtant elle se sentait à l'aise en occupant cette place dans le monde.

Quand tout fut en ordre, elle s'assit avec Yumi à leur table habituelle avec deux tasses de la spécialité de la maison.

— Je ne sais pas comment tu as appris à faire ces cafés crème en un jour... Tu as un talent de dessinatrice incroyable !

— Oh, ça n'a pas été très difficile, dit Nagore, acceptant le compliment avec un sourire. Dessiner est la seule chose pour laquelle je suis douée. Pendant des années, j'ai été illustratrice et graphiste dans la communication, mais je n'en pouvais plus et j'ai arrêté. Si un jour je recommence à dessiner, je ne travaillerai pas sur commande.

— Je te comprends, lança Yumi, pensive. Moi, j'ai fait un MBA aux États-Unis, c'est du reste là que j'ai connu Lucía, et je me suis retrouvée à travailler plusieurs années dans le secteur hôtelier au Japon. Mais il est arrivé un moment où je me suis sentie tellement fatiguée, tellement surmenée, que j'ai décidé de tout arrêter et de chercher mon *ikigai*.

— C'est quoi, un ikigai ? demanda Nagore avec curiosité.

— C'est un mot japonais qui définit ce qui te fait te sentir vivante, c'est la raison pour laquelle tu te lèves chaque matin et que tu vas de l'avant… Parfois, on le traduit par « passion » ou « raison d'être ». En premier lieu, j'ai toujours aimé vivre à l'étranger… et j'ai toujours aimé les chats. J'ai donc décidé de dépenser mes économies dans un voyage en Europe. Quand j'ai fait escale à Barcelone, j'ai pressenti que, d'une façon ou d'une autre, ce lieu serait le mien.

Elle esquissa un sourire triste à ce souvenir, avant de reprendre :

— Et un jour, j'ai vu des enfants donner du lait à un chaton dans la rue, ici, dans ce quartier, et d'un seul coup tout s'est éclairci.

— Tu as trouvé ton ikigai, pointa Nagore.

— Oui… Au Japon, les neko cafés existent depuis longtemps et sont très populaires, alors j'ai décidé de me lancer dans l'aventure avec l'argent qui me restait. Lucía m'a aidée et m'a présenté Sebastián, avec qui j'ai en partie monté le projet et qui a trouvé des gens de confiance pour les travaux. Mon mari, lui, ne veut pas s'expatrier pour l'instant, mais il respecte mon ikigai, alors nous nous sommes donné un an pour décider de ce que nous allons faire.

À mesure que Yumi parlait, Nagore voyait une lumière très particulière briller dans ses yeux. Peut-être qu'avoir un ikigai allumait un feu intérieur… Et le sien, qu'est-ce que ça pourrait être ? Elle n'avait pas encore de réponse à cette question. Elle avait déjà bien assez de mal à survivre et à ne pas s'effondrer.

Après avoir bu leur café et partagé un *banoffe pie*, elles se rendirent compte que quelque chose clochait : la garderie pour chats était trop silencieuse. Elles se levèrent et virent le nouveau venu qui se tenait assis sur une petite table basse proche de la vitrine, sous le feu de sept regards curieux. Quatre d'entre eux venaient des arbres et du banc, et les trois derniers, du sol. Tous les chats fixaient Sort des yeux, comme s'ils s'attendaient à recevoir un message important. Même Smokey était là, à côté de Chan dans la partie la plus haute de l'arbre. La conférence muette suivit son cours. Seules quelques oreilles, queues ou paupières bougèrent légèrement à l'approche de Yumi. Quand elle arriva au niveau de Sort, le nouveau venu la regarda, puis émit un délicat miaulement interrogatif. Ce qui se passait là semblait tellement essentiel que Yumi décida de se retirer.

Un premier couple se présenta sur ces entrefaites. Les matous se dispersèrent aussitôt, et l'orateur descendit de la table pour se fondre lentement dans l'anonymat et aller manger.

L'après-midi fut plus calme que la veille, et Nagore découvrit qu'elle aimait bien parler avec les clients.

Elle se souvenait à présent du nom de tous les chats et elle pouvait renseigner les clients sur leurs principaux traits de caractère. Les chats aussi paraissaient beaucoup moins stressés que la veille, probablement parce que l'affluence était moindre.

Sebas revint avec sa sacoche en cuir et son éternel sourire. Cette fois-ci, il put jouer avec Blue, qui un peu plus tard décida de se coucher sur ses genoux. Durant un instant magique, la dame revêche cessa d'être farouche.

Figaro avait définitivement fait du bar son poste de prédilection, même si ce n'était pas le lieu que Yumi et Nagore jugeaient le plus approprié. De là, il pouvait surveiller la salle à la perfection et écouter la musique, quand on en diffusait. Le chat fermait alors les yeux et reposait son menton sur ses pattes, parfaitement détendu.

Nagore parlait avec deux collégiennes qui voulaient jouer avec Cappuccino – qui à ce moment-là n'avait pas le moindre intérêt pour les humains, tout absorbé qu'il était à se disputer avec Licor la place à côté de Chan –, quand l'homme en noir et aux yeux bleus réapparut. Il avait cette fois-ci un livre et un bloc-notes, qu'il posa sur la même table que la veille.

Nagore l'observa de loin un moment. Pour l'instant, aucun chat ne venait vers lui, mais cela n'avait pas l'air de le gêner. Lorsqu'elle s'approcha pour lui proposer un de ses cafés crème, il leva légèrement la main et dit :

— J'ai déjà bu trop de café aujourd'hui, mais si vous avez du thé… un thé vert, peut-être ? demanda-t-il, marquant du doigt l'endroit où il en était dans sa lecture alors qu'il levait le regard vers elle.

— Nous avons un excellent thé japonais. Vous voulez le goûter ?

— Oui, parfait, répondit-il avant de se replonger dans sa lecture.

Le thé fut prêt rapidement, et Nagore concocta quelques questions pour les servir avec l'infusion.

— Nous n'avons pas de biscuits à thé, mais je peux vous proposer un délicieux gâteau à la carotte, si ça vous tente.

— Merci, mais je ne suis pas très sucré.

— Je peux me permettre une question ?

L'homme lui lança un regard timide.

— Comment se fait-il que vous ne cherchiez pas à vous approcher des chats ? Je n'ai pas eu l'impression, ni hier ni aujourd'hui, qu'ils vous intéressaient particulièrement... Excusez-moi de me mêler de ce qui ne me regarde pas. Moi non plus je ne suis pas une grande fan de chats, mais je travaille ici. Je m'interroge donc : si vous ne les appréciez pas tant que cela, pourquoi...

— Détrompez-vous, l'interrompit-il. J'adore les chats. Ils sont pour moi la compagnie idéale pour un après-midi de lecture. Pas besoin d'interagir avec eux pour apprendre, il me suffit d'être en leur présence et de faire partie de leur espace.

— Très intéressant... commenta-t-elle sans pour autant comprendre. Je n'avais jamais vu les choses de cette façon.

— Je pense que nous sommes tellement habitués à *faire* que nous avons perdu l'art d'*être*. Or, dans ce domaine, les chats sont de véritables maîtres. Tu veux t'asseoir un instant ? On peut se tutoyer, si tu veux bien. Je m'appelle Marc.

Surprise par la proposition, elle rougit en disant son nom.

— Je ne voulais pas te déranger.

— Mais pas du tout.

— Je suis nouvelle ici et… bon, c'est vrai que le Neko Café vient seulement d'ouvrir, mais il n'arrête pas de se passer des choses, enchaîna-t-elle tout à trac. Par exemple, hier soir, un huitième chat est sorti de nulle part. C'est celui-ci…

Elle montra le beau chat aux longs poils noirs, étendu de tout son long sur le parquet, les pattes en l'air, dans une attitude de totale confiance.

Marc se contenta d'acquiescer d'un signe de tête, comme pour dire : « Eh oui, dans la vie, il se passe de drôles de choses. »

Quand Nagore se leva pour aller accueillir de nouveaux clients qui patientaient dans le sas, Marc l'arrêta d'un geste de la main et dit :

— Je vois que vous proposez ces chats à l'adoption.

— Oui… c'est même la véritable mission du Neko Café : leur trouver un foyer.

— Eh bien, il y a une chose que vous devez prendre en compte, en tout cas pour ce que je connais des chats : ce n'est pas nous qui choisissons le chat qui nous plaît, c'est lui qui élit l'humain avec qui il veut partager sa vie.

— Donc, si je comprends bien… dit-elle sur le ton de la plaisanterie, tu attends d'être choisi.

— Quelque chose dans le genre.

Le temps guérit presque tout

Il faisait frais ce matin-là, et l'air qui caressait la fenêtre portait une odeur de pluie. Nagore s'étira, bâilla et sortit de son lit avec la sensation de s'être reposée profondément. Elle était étonnée de l'effet qu'avaient produit sur elle ces deux journées de travail. Deux journées de travail avec des chats, pour être plus précis.

Sans autre programme pour la matinée du mercredi, elle se décida, enfin, à s'attaquer au chaos qui régnait dans la cuisine et dans le salon. Elle prit un petit déjeuner consistant avec un œuf à la coque et deux toasts au fromage avant de consacrer quelques heures à un grand ménage.

Peu avant le rendez-vous Skype avec ses parents, elle prit une douche rapide pour se débarrasser de toute la saleté.

— Nago, comment vas-tu, ma chérie ? Ça fait tellement longtemps depuis la dernière fois !

Au début, la voix de sa mère paraissait très lointaine, puis la communication devint meilleure et le visage maternel, barré de ses lunettes de lecture, apparut sur l'écran de l'ordinateur.

— Ça fait juste deux semaines… et j'ai eu pas mal de choses à régler. Et au fait : bonjour, maman ! la salua-t-elle en souriant.

Peu importait que la dernière communication remonte à deux jours ou à deux semaines, c'était toujours une éternité pour sa mère. Les coups de fil ou les messages WhatsApp entre deux conversations par Skype ne comptaient pas non plus. Skype était l'outil semi-présentiel.

— Papa est dans le coin ? demanda Nagore, un peu inquiète de ne pas le voir.

— Il arrive. Il est dans la salle de bains. Tu as besoin de quelque chose, ma fille ?

— Non, non, tout va bien.

— Attends, voilà papa.

Sa mère disparut un instant de l'écran, pour resurgir avec son époux dans la fenêtre de l'application.

— Bonjour, mon poussin, comment ça va ? Tu as trouvé du travail ?

La voix de son père était brouillée par un bourdonnement, mais pas suffisamment pour que Nagore n'entende pas la question ultra-directe, qui la fit sourire : son père n'avait pas l'habitude d'y aller par quatre chemins.

— Oui, j'ai un boulot… Mais ce n'est pas ce à quoi vous vous attendiez, pas plus que moi d'ailleurs, mais la vie est ainsi faite, vous ne croyez pas ?

Elle leur raconta par le menu tout ce qui lui était arrivé depuis l'appel de Lucía vendredi matin. Après avoir écouté le récit jusqu'au bout, ses parents se regardèrent avec une réelle inquiétude.

Son père finit par rompre l'épais silence :

— Alors… j'imagine que c'est un travail provisoire en attendant de trouver quelque chose de décent.

— Et qu'est-ce que tu entends par « décent », papa ?

Nouveau silence. Selon ses vieilles habitudes, Nagore avait un papier et un crayon à la main, et griffonnait pour soulager le stress que ses parents commençaient à lui infliger.

— Ne le prends pas mal, Nago, intervint sa mère. Je comprends que c'est une thérapie pour vaincre tes peurs. C'est une bonne chose d'enterrer la hache de guerre, n'est-ce pas ? conclut-elle en interrogeant son mari du regard.

Ce dernier haussa les épaules et fit une moue dubitative, mais ne dit rien.

— Je gagne mille euros par mois, se défendit Nagore, et j'ai mes matinées libres. Si je n'avais pas ça, je ne serais pas en train de parler avec vous.

C'est le moment que choisit son père pour entrer dans la mêlée. C'était un expert en chiffres, mais il avait aussi la réputation au village d'être un peu près de ses sous.

— Et tu paies combien de loyer ?

— Six cents, vous le savez bien. Le prix n'est pas très élevé, car le propriétaire a laissé beaucoup d'affaires à lui dans l'appartement. Je peux rester sept mois, jusqu'à son retour.

— Eh bien, ça ne me semble pas si bon marché, contre-attaqua son père. Il te reste quatre cents euros pour payer tes factures et pour manger…

— Tu manges bien, au moins ? s'inquiéta sa mère. On peut t'envoyer de l'argent si…

— Je suis d'accord, mais seulement si c'est un prêt et que je vous rembourse ensuite cinquante euros par mois, dit-elle en ravalant son amour-propre.

Ce dernier point fut sujet à discussion, mais ses parents finirent par se ranger à son opinion. Une femme de presque quarante ans ne pouvait pas être entretenue par ses parents retraités.

Quand elle raccrocha, elle resta un moment assise devant le bureau, envahie par un mélange de soulagement et de tristesse. Chaque fois qu'elle parlait à ses parents, elle les trouvait un peu plus vieux, et son mode de vie « alternatif », pour lui donner un nom, ne contribuait pas à les rassurer.

Pour se détendre, elle se mit à regarder ses griffonnages. Cela faisait presque un an qu'elle avait arrêté de dessiner, mais, à en croire ce qu'elle avait sous les yeux, elle avait fait plus que griffonner pendant leur conversation : elle avait esquissé des chats pourvus de grandes moustaches (« un effet collatéral de la préparation des cafés crème », se dit-elle), ainsi qu'une tête de chat noire, adorable, avec un médaillon pendu à son collier.

Elle eut envie d'en savoir plus sur les paroles gravées sur le collier de Sort. D'après ses recherches, c'était un texte écrit en 1934 par un théologien américain, Reinhold Niebuhr. Elle apprit que cette prière était devenue célèbre après avoir été publiée dans le programme des Alcooliques anonymes en 1939. De fil en aiguille, elle pensa à Owen et aux virulentes disputes qu'ils avaient traversées ces dernières années. Bien avant son infidélité, il avait un réel problème avec la boisson, mais n'avait jamais voulu le reconnaître.

Elle caressa de la main gauche le dessin qu'elle venait de faire et se dit : « Il y a des choses que je ne peux pas changer, car elles ne dépendent pas de moi… mais heureusement, d'autres sont de mon ressort. »

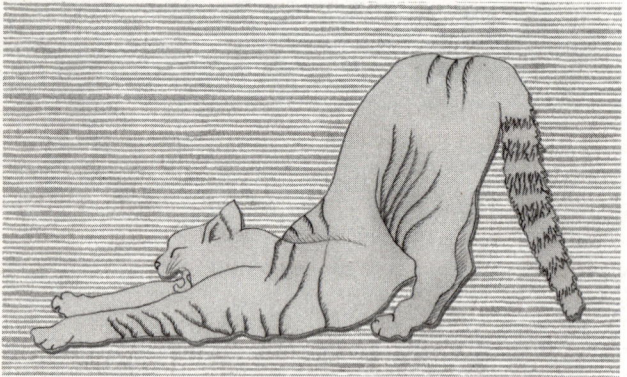

Le baume de la sieste

Une grande nouvelle marqua la deuxième semaine d'existence du Neko Café : l'adoption de Blue. La pensionnaire revêche au pelage gris bleuté avait trouvé un foyer définitif chez Sebas.

Un miracle comme celui-ci ne mûrissait pas en quelques jours. Sebas avait fréquenté le café depuis le début des travaux, et les chats couraient déjà partout à partir de la phase finale (l'installation des sanitaires et tout l'aménagement), car Yumi voulait qu'ils se familiarisent avec les lieux avant l'ouverture.

Blue n'avait pas un caractère facile, et c'est précisément pour cette raison que Sebas aimait trouver des moyens de la divertir. Habitué à relever des défis, il finit par gagner le cœur de cette dame peu amicale. Cet épilogue heureux donna une leçon importante à Nagore : on peut être très particulier, et même être le chat le plus antipathique, il y aura toujours quelqu'un qui nous aimera. Cette leçon de confiance en soi était très réconfortante : si cette incorrigible grincheuse avait trouvé chaussure à son pied, personne n'était à l'abri de l'amour.

Yumi était très fière, comme si elle avait gagné un grand prix. Avec le premier chat du café à avoir trouvé un foyer, deux vies allaient changer.

Nagore était tellement habituée à la présence de Blue que, ce jour-là, elle se surprit plusieurs fois à la chercher dans la salle. Durant la période qu'elles avaient passée ensemble, elles s'étaient respectées mutuellement. Blue respectait Nagore, car elle lui avait donné à manger pendant presque deux semaines, et Nagore respectait Blue à cause de sa méchante réputation. Elle ne s'était jamais risquée à la toucher, pas même lorsque la chatte dessinait de manière répétée le symbole de l'infini à ses pieds dans l'espoir d'obtenir plus de nourriture.

Après le départ de Blue, les chats se comportèrent de façon étrange tout l'après-midi. Chan tournait en rond dans la salle, reniflant ici et là et poussant des miaulements désespérés. Lui et Blue avaient l'habitude de dormir ensemble, et il était perturbé de ne pas trouver sa compagne de sieste. La moustache de Figaro semblait en berne. Il resta tout l'après-midi perché sur l'arbre depuis lequel il surveillait attentivement la rue, comme s'il attendait à tout moment le retour du fauve bleu. Il ne quitta même pas son poste d'observation quand Yumi mit un disque de Lang Lang. Sherkhan, le chat tigré, déambula un bon moment avant de s'installer sur un niveau du bas de l'arbre et ne plus bouger d'un millimètre. Peut-être essayait-il d'assimiler ce qui venait de se passer. Au bout du compte, voyant que leur compagne ne revenait pas, les sept chats s'endormirent, indifférents aux attentions des clients qui occupaient toutes les tables du café.

— Ne sous-estime jamais le pouvoir d'une bonne sieste, dit Yumi à Nagore quand elle vit que cette dernière s'inquiétait du comportement des chats.

Seul Licor avait l'air disposé à jouer un peu avec les humains, mais il se fatigua beaucoup plus vite que d'habitude.

Une fois tous les clients servis, Nagore et Yumi burent un thé froid au bar.

— Pourquoi crois-tu que les petits ont autant besoin de dormir cet après-midi ? demanda la Japonaise.

Nagore réfléchit un instant et dit :

— Ça me fait penser à un extrait de la Bible étudié en cours de religion qui parle d'un phénomène semblable. Jésus et les apôtres traversent un lac en bateau quand une tempête éclate et menace de les faire couler. Face à ce danger, Jésus s'endort. Les apôtres, qui ne comprennent pas pourquoi il a choisi un moment pareil pour se reposer, l'interrogent…

— Moi, je le comprends, l'interrompit Yumi. Si faire naufrage, ou survivre, ne dépend pas de toi, s'offrir une petite sieste est le mieux à faire. Quand on veut agir au milieu du chaos, le seul résultat qu'on obtient, la plupart du temps, c'est de faire encore plus de dégâts.

— J'en suis totalement convaincue, acquiesça Nagore, impressionnée. N'est-ce pas justement ce que dit le médaillon de Sort ? Il faut savoir distinguer ce qui dépend de nous et ce qui n'en dépend pas.

Yumi remplit de nouveau les verres de thé froid et balaya du regard les clients déçus, qui payaient pour veiller sur le sommeil des chats. S'adressant à celle qu'elle considérait déjà comme son amie, elle dit :

— Les félins sont des dormeurs professionnels, qui savent faire usage du sommeil pour surmonter les traumatismes. Même s'ils n'ont jamais vraiment aimé Blue, vu qu'elle ne se laissait approcher que par maître Chan, ils sentent que l'une des leurs est partie, et c'est comme si ce changement les mettait tous en danger. L'ordre de leur petit univers a été bouleversé.

— Ce serait génial d'avoir ce superpouvoir, tu ne crois pas ? émit Nagore avant de mordre dans un biscuit. Conjurer le stress en dormant. Je crois que je commence à apprécier la sagesse des chats.

L'après-midi s'écoula lentement, comme si les heures elles-mêmes étaient endormies. À mesure que les clients se succédaient, Nagore sentit une inquiétude grandissante. L'heure à laquelle Marc avait l'habitude d'arriver était passée, et il ne viendrait plus. Point d'orgue de cet après-midi épuisant, les derniers clients étaient particulièrement pointilleux : le café était trop fort ou trop léger, et ils n'arrêtaient pas de réveiller les chats. Elle sentit monter la fatigue et la mauvaise humeur. « Peut-être que j'ai hérité cela de Blue ! », vint-elle à penser. En adoptant la première loi de philosophie féline, « Sois en accord avec ton cœur », elle acceptait que la mauvaise humeur l'accompagne pour le reste de la journée de travail, sans s'obliger à sourire ou à faire semblant.

Cette décision lui procura un léger soulagement, et son irritation commença à redescendre à un niveau acceptable. Quand elle sentit l'énervement remonter, elle se tourna vers la figure bouddhique de Sort, debout sur l'un des bancs, et se répéta : « Du calme avant toute chose ! »

Le téléphone sonna dix minutes avant la fermeture. C'était surprenant, car personne n'appelait aussi tard habituellement. Yumi répondit et fit des signes à Nagore, qui nettoyait les tables à l'autre bout du café.

— Nagore, c'est pour toi !

Elle s'approcha du comptoir sans avoir la moindre idée de qui cela pouvait être, mais elle reconnut instantanément la voix à l'autre bout du fil dès qu'elle l'entendit.

— Marc ?

— Oui… Tu es toujours au café ?

— Bien sûr, puisque je te réponds, dit-elle, étonnée. Tu avais une réservation pour aujourd'hui, mais tu n'es pas venu. Tout va bien ?

— Il faut que je te parle. On peut se voir ?

— Euh… fit-elle, prise de court. On dit demain ?

— Ça ne peut pas être ce soir ?

Elle commença à penser qu'il y avait un vrai problème.

— Il s'est passé quelque chose ?

— Il faut que je t'explique de vive voix. S'il te plaît, on peut se voir dans une demi-heure à La Fourmi ? Ce n'est pas très loin, tu y seras en dix minutes après la fermeture du Neko Café.

— D'accord.

Nagore prit une profonde respiration, essayant de s'imprégner en quelques secondes du calme des chats, capables devant n'importe quelle difficulté de se remettre en selle avec une bonne sieste.

Le mystère de Marc

Marc l'attendait dans ce bar de style californien, malgré son nom français, devant une bouteille de Punk Ipa. Il portait un costume noir et une chemise blanche. Quand Nagore arriva, il retira une cravate vert foncé du fauteuil qu'il avait réservé pour elle.

— Je ne t'avais jamais vu en costume, remarqua-t-elle après lui avoir dit bonjour avec deux bises. Tu viens d'un enterrement ?

— Presque, mais heureusement non… Je suis avocat et je sors d'une audience épuisante, qui a duré bien plus longtemps que prévu.

— Une audience ?

— Oui, j'en ai souvent. Je travaille pour une ONG qui défend les locataires menacés de perdre leur logement à cause de la gentrification.

Nagore avait entendu ce mot pour la première fois à Londres, en référence à des quartiers où les habitants des classes populaires étaient expulsés au profit de touristes ou de locaux au pouvoir d'achat supérieur.

— Mais je ne t'ai pas appelée pour te parler de ça, dit Marc, apparemment pressé. Qu'est-ce que tu veux boire ?

Cela faisait un moment que Nagore n'avait pas bu d'alcool, mais cette étiquette bleue au nom si percutant attisa sa curiosité.

— La même chose que toi.

Marc souleva la bouteille, et le serveur, qui avait un petit air de Freddie Mercury, leva le pouce pour dire qu'il avait compris. L'avocat n'attendit pas que la bière fraîche atterrisse sur la table pour faire ses aveux.

— C'est moi qui vous ai laissé le chat noir.

Nagore resta sans voix. Quand le serveur arriva avec la Punk Ipa, elle avala une longue gorgée. C'était la bière la plus amère qu'elle ait jamais goûtée.

— Le chat des toilettes, tu te rappelles ? poursuivit-il. C'est moi... c'est moi qui l'ai laissé là.

— Eh bien... commença-t-elle pour se laisser le temps de choisir ses mots, déposer un chat dans des toilettes n'est pas la manière la plus orthodoxe de donner un chat à l'adoption, mais nous l'avons pris en charge et nous nous occupons de lui, maintenant.

— Je m'en suis rendu compte, et je vous en remercie infiniment. Ce chat compte beaucoup pour moi.

— Mais alors, pourquoi l'as-tu abandonné là-bas ? demanda-t-elle en essayant de dissimuler son irritation. Il aurait une vie bien meilleure avec toi.

— Je ne peux pas. Mon contrat de location stipule expressément qu'il est interdit d'avoir des animaux, et je ne peux pas prendre le risque de perdre mon logement. C'est un ancien bail, du temps où ma mère vivait là. Avec mes revenus d'avocat travaillant pour une ONG, je n'ai pas les moyens de louer un autre appartement dans Barcelone.

Revenant brusquement au premier sujet, il demanda d'une voix inquiète :

— Tu crois que quelqu'un pourra adopter Sort ?

Là, Nagore eut du mal à se contenir.

— Mais qu'est-ce que ça peut bien te faire, puisque tu l'as abandonné ?

— Il compte beaucoup… et pas que pour moi.

Marc but une gorgée et rapprocha son visage de celui de Nagore pour lui expliquer à voix basse :

— Cela fera bientôt deux ans, j'ai connu un vieil homme qui vivait dans une vieille maison à Vallvidrera, à proximité des bois du Tibidabo. J'avais l'habitude de faire du vélo dans le coin, jusqu'au jour où j'ai eu un accident. Je suis tombé dans un virage et me suis ouvert la tête contre une pierre coupante. Comme souvent, j'étais parti sans mon portable, aussi j'ai frappé à la porte de la première maison pour demander de l'aide.

La deuxième gorgée que but Nagore lui parut moins amère que la première. Elle était complètement absorbée par le récit de Marc.

— C'était une petite maison avec un jardin qui avait des allures de jungle. Son propriétaire s'appelait Elías. C'était un vieux monsieur adorable, à la barbe et aux cheveux tout blancs. Il avait le dos courbé et se déplaçait avec difficulté. Il avait travaillé dans les secours d'urgence par le passé et avait conservé une trousse de premiers soins. Il m'aida à nettoyer la blessure, et j'ai pu appeler un médecin avec son téléphone. Depuis ce jour, en plus de toujours avoir mon portable sur moi, j'ai commencé à passer le voir le dimanche pour prendre de ses nouvelles.

— Cette rencontre a dû être une bénédiction pour lui, commenta-t-elle, émue.

— Et pour moi aussi. Je me suis énormément attaché à ce vieux monsieur, et on dirait bien que c'était réciproque. Je crois que plus personne ne lui rendait visite, tout du moins de façon régulière. Il avait des montagnes de livres, et il disait toujours que ses bouquins et un chat silencieux lui suffisaient pour se sentir en bonne compagnie.

— C'était Sort ? demanda Nagore, malgré l'évidence de la réponse.

— Oui, et il le considérait comme un ami. C'est lui qui lui a fabriqué le médaillon. Il y a trois semaines, je suis allé le voir. Sa porte était ouverte, mais je ne l'ai pas trouvé. Le chat était sur le rebord de la fenêtre du salon, semblant guetter le retour de son maître. Je ne pouvais pas le laisser là-bas. Il était tout seul et il avait faim.

— Qu'as-tu fait alors ?

— Je l'ai pris et l'ai laissé quelques jours chez un ami, puis j'ai lu dans le journal qu'un café des chats allait ouvrir et j'ai décidé de l'amener. Je ne savais absolument pas comment vous procédiez et j'avais peur que vous ne le refusiez. J'aurais pu appeler les services de la mairie pour savoir quoi faire, mais j'ai choisi la facilité et je l'ai donc laissé dans vos toilettes à un moment où vous étiez occupées... Je suis vraiment désolé de vous avoir compliqué la vie et vous présente toutes mes excuses, conclut Marc en joignant les mains.

— Quelle histoire ! Je me souviens effectivement que tu avais une boîte… mais je n'aurais jamais imaginé que tu transportais un passager clandestin à l'intérieur. Et pourquoi n'es-tu pas venu raconter tout cela à Yumi ? Moi, je ne suis que serveuse ; c'est elle, la patronne.

— J'ai observé Sort durant les deux dernières semaines et tu lui plais beaucoup.

— Quoi ?

— J'ai un œil très exercé pour ces choses-là. Quand j'étais petit, il y avait beaucoup de chats chez moi, et je vois bien qu'il est plus proche de toi que de Yumi. C'est pour ça que je voulais te parler. Aujourd'hui, j'ai réussi à localiser son maître. Il est hospitalisé à Vall d'Hebron et je vais lui rendre visite demain.

— Et ?…

Nagore ne comprenait toujours pas.

— J'aimerais que tu viennes avec moi voir Elías. Pas demain, mais un autre jour de la semaine, si c'est possible.

— Pourquoi ?

— Parce que tu es la personne la plus proche de son chat adoré, expliqua-t-il avec douceur. Tu pourrais lui dire comment va Sort.

— Et tu ne peux pas le faire toi-même ? Tu es venu au café tous les jours depuis que tu nous as imposé le chat.

— C'est un service que je te demande… Sort t'a choisie toi, pas moi.

Les yeux de Bouddha

Au plus fort de la vague de chaleur qui s'abattait sur la ville depuis deux jours, les chats et les hommes buvaient beaucoup, au point que le Neko Café se retrouva à court de boissons fraîches. Nagore arriva en même temps que le livreur et l'aida à transporter les boissons et la glace. À l'intérieur, elle eut la bonne surprise de voir sa patronne en compagnie de deux installateurs de clim.

— Trop génial ! s'exclama Nagore.

Dans son enthousiasme, elle serra Yumi dans ses bras. Cette dernière avait beau être très affectueuse pour une Japonaise (c'est elle-même qui le disait), ce geste inattendu la prit au dépourvu et elle fit un bond en arrière comme un chat effrayé, ce qui les fit rire toutes les deux de bon cœur.

— Je crois que j'ai encore besoin d'un peu de temps pour m'habituer aux embrassades intempestives ! se justifia-t-elle, un peu troublée. Au fait, tu sais qui vient aujourd'hui ? Lucía a réservé pour la fin d'après-midi. Je suis pressée de la voir !

— Ah, super !

Dans le fond, la nouvelle ne ravissait pas Nagore. Cela faisait presque une semaine qu'elle était sortie faire la fête avec Amanda et Lucía, mais elle s'était sentie tellement éloignée des préoccupations futiles de ses amies qu'elle ne les avait pas rappelées depuis.

Nagore porta les glacières et alla s'occuper des chats, très perturbés par le remue-ménage des installateurs et le bruit de la perceuse. Ils avaient tellement peur qu'ils finirent par tous se réfugier dans le petit couloir des toilettes, où Yumi leur apporta des coussins.

Ils avaient l'air très stressés et essayaient de rester aussi groupés que possible. Chan et Sort se dressaient au centre, regardant du côté de la salle comme s'ils montaient la garde à l'entrée du couloir. C'était la deuxième fois seulement que Nagore voyait Smokey interagir avec autant de chats à la fois.

Une fois la clim installée, on descendit rapidement de plus de trente degrés à un très agréable vingt-quatre. Les chats eux-mêmes eurent l'air d'apprécier et, quand les clients commencèrent à arriver, ils se montrèrent bien plus actifs que les jours précédents, où ils se traînaient, abattus par la chaleur. Yumi et Nagore étaient sûres que, dans cette ambiance plus respirable, le Neko Café se remplirait tous les jours.

Les premières clientes étaient trois jeunes filles survoltées qui parlaient fort et désignaient les emplacements des chats avec des gestes hystériques.

— Eh, les filles, regardez, regardez ! cria l'une d'elles en battant des mains. Là, c'est Jiji !

Nagore alla jusqu'à leur table pour leur demander de ne pas crier et de ne pas faire de gestes brusques. Celle qui n'avait pas contrôlé sa voix s'excusa aussitôt et expliqua que le chat noir aux yeux verts était exactement comme Jiji, un personnage de son film préféré. Comme Nagore avait toujours évité les films avec des chats, elle interrogea la jeune fille pour savoir de quoi elle parlait.

— C'est quel film ?

— *Kiki la petite sorcière*, répondirent les trois filles en même temps. C'est un animé des studios de Miyazaki, précisa la première. Le réalisateur de *Mon voisin Totoro* et du *Voyage de Chihiro*.

— Et que se passe-t-il dans cette histoire de sorcière ? En tout cas, cette chatte s'appelle Smokey, précisa-t-elle en montrant ladite chatte, qui les observait à une distance prudente, bien à l'abri sous une autre table.

— Kiki est une jeune sorcière qui doit partir faire son apprentissage dans une ville inconnue pendant un an, expliqua l'adolescente, et elle part accompagnée de son chat Jiji, qui l'aide dans sa mission. Il ressemble beaucoup à…

Se voyant au centre de l'attention, Smokey se lança dans une de ses courses folles, dérapant sur la table des filles pour finir au fond de la salle.

— Smokey jouera peut-être avec vous si vous utilisez ces longues baguettes avec une souris au bout, leur recommanda Nagore.

Les filles suivirent le conseil de Nagore et, quelques minutes plus tard, Smokey dansait et bondissait autour d'elles avec un seul but : attraper la souris.

Marc ne vint pas ce jour-là non plus. C'était absurde, mais Nagore se rendit compte qu'il lui manquait. L'histoire qu'il lui avait racontée la veille l'avait beaucoup touchée. Elle décida que, si Marc se libérait vendredi matin, elle l'accompagnerait pour rendre visite au vieux monsieur à l'hôpital.

Ses amies débarquèrent comme un cyclone vers les sept heures et demie. Nagore et Yumi s'assirent un moment avec elles.

— Lucía, je dois te remercier de m'avoir recommandé Nagore. Elle est formidable avec les chats !

Les trois se plongèrent alors dans une conversation à bâtons rompus à propos de la situation délicate dans laquelle se trouvait Nagore, et conclurent que les murs du Neko Café seraient un lieu d'exposition idéal pour ses dessins et peintures.

— Je ne fais plus rien, mais merci pour l'idée, Lucía. Tu sais bien que, depuis que j'ai quitté la galerie à Londres, je fais un rejet de tout ce qui a à voir avec l'art… encore plus que des chats.

— Ne dis pas ça ! intervint Amanda. Tout ça sera derrière toi en moins de temps qu'il n'en faut pour dire miaou.

Elle rit de sa propre blague, bientôt suivie par les autres.

— Rien ne sert de courir, dit Yumi, lui venant en aide. Chaque chose en son temps. Pas vrai, Nagore ? Essayons d'apprendre de la sérénité des chats.

À ce moment, elle se sentit plus proche de Yumi que de ses amies, comme si toutes deux partageaient un secret que les autres femmes ignoraient.

— On m'a dit que tu préparais des cafés crème spectaculaires, dit Lucía. Tu pourrais m'en faire un ?

— J'en voudrais un, moi aussi !

— Pendant que tu les prépares, je vais chercher dans le bazar de mon cabas le petit cadeau que j'ai apporté pour fêter ton nouveau travail, dit Lucía, tout excitée.

Depuis la machine à café, Nagore observait ses amies. Au contraire de Lucía, Amanda montrait de l'intérêt pour les chats. Elle essaya d'en appeler un ou deux pour les caresser, sans succès. Seul Licor s'approcha, mais quand il vit la main d'Amanda sur le point de le toucher il se ramassa sur ses quatre pattes pour prendre son élan et bondit très haut.

Quand Nagore servit les cafés à moustaches, Lucía et Amanda la regardèrent avec admiration.

— Tu es incroyable ! s'exclamèrent-elles.

— Oui, elle a un vrai don, appuya Yumi avec fierté.

Lucía sortit alors un petit paquet de son sac et le donna à Nagore.

— Regarde ce que j'ai trouvé pour toi… Ce n'est pas grand-chose, juste un pendentif, mais je crois qu'il va te plaire.

Nagore ouvrit le papier de soie nacré, mais il n'y avait rien à l'intérieur.

— Hum… Lucía, il est vide.

— Quoi ? dit-elle en retournant l'emballage. Je ne peux pas le croire ! Il a dû tomber quelque part. C'est dingue. Je perds tellement de choses ces derniers temps.

Les quatre femmes se mirent à regarder partout autour de la table, agrandissant petit à petit le cercle de leurs recherches. Très vite, les autres clients du café se joignirent à elles dans l'espoir de retrouver la chaîne avec un pendentif en argent. On passa aussi le couloir des toilettes au peigne fin, ainsi que le sas d'entrée. Sans succès.

— Je suis désolée, Nagore... J'essaierai d'en trouver un autre. Tant pis !

— Ne t'en fais pas, répondit Nagore en prenant sa main. S'il est vraiment pour moi, je suis sûre qu'on le retrouvera.

Une fois tout le monde parti, Nagore se sentit épuisée. La journée avait été longue. Dopés par la fraîcheur de l'air conditionné et soulagés de se retrouver seuls, la plupart des chats se mirent à jouer comme si la journée commençait seulement maintenant.

Smokey somnolait sur une table proche du bar, mais contrôlait tout de son œil à moitié fermé, comme d'habitude. Nagore était arrivée à la conclusion que cette chatte ne dormait jamais, qu'elle était toujours prête pour l'action. Quand on est un félin, on ne sait jamais ce qui peut arriver. Soudain, Smokey sauta par terre comme si elle avait vu une proie. Elle s'étira en se dirigeant vers l'entrée, puis se glissa entre la vitrine et l'arbre à chats qui donnait sur la rue. Elle se mit à jouer avec quelque chose sur le sol qui tintait légèrement. Nagore vit un reflet briller entre ses griffes. Elle s'approcha doucement pour ne pas faire peur à la chatte : elles ne se touchaient pas encore. Quand Nagore s'assit à côté d'elle, Smokey leva la tête et miaula, puis elle détala à l'autre bout de la pièce.

Nagore inspecta l'endroit où la chatte jouait quelques secondes plus tôt et trouva une chaîne argentée toute fine avec un pendentif. Elle le retourna et vit le symbole des yeux du Bouddha : deux sourcils, deux yeux, un nez en spirale et un petit disque entre les sourcils pour symboliser le troisième œil.

Incroyable ! Smokey avait retrouvé le pendentif. Nagore envoya la photo à Lucía avec quelques mots : « C'est bien le pendentif que tu voulais m'offrir ? » La réponse ne se fit pas attendre : « C'est pour que tu ne perdes jamais le nord ! Je suis super contente que tu l'aies retrouvé. » Elle commença à répondre : « C'est Smokey qui l'a retrouvé… », mais se rendit aussitôt compte que ce point n'avait d'intérêt que pour elle.

Smokey possédait décidément une qualité magique. Avec son attitude curieuse, elle semblait lui dire : « Sois attentive, et tu trouveras des opportunités partout. »

Les lettres du professeur

Tandis que l'ascenseur montait lentement, Nagore pouvait entendre les pulsations de son cœur. Elle portait le pendentif, qui n'allait pas forcément très bien avec ses tennis blanches, son jean et sa chemise orange, mais il lui rappelait d'être présente. Elle jeta un coup d'œil au miroir pendant que Marc répondait à un message sur son téléphone. Ses cheveux, trop longs, avaient besoin d'une bonne coupe.

À la sortie de l'ascenseur, ils se dirigèrent vers la chambre 201. La porte n'était pas fermée, aussi entrèrent-ils doucement sans frapper. L'un des lits était vide et l'autre était occupé par un vieux monsieur au crâne chauve et à la longue barbe blanche. Il dormait. Sous le pyjama bleu, on pouvait voir sa poitrine se soulever lentement. Ils décidèrent d'aller prendre un café au distributeur au bout du couloir. Quand ils revinrent, le vieil homme était réveillé. Ses yeux s'éclaircirent et ses bras ouverts invitaient à venir l'embrasser.

— Marc… Je suis tellement content de te voir. Merci de ta visite !

— Regardez qui est venu avec moi ! dit Marc en souriant à son tour. Je vous présente Nagore, qui travaille dans le café où j'ai amené Sort.

Nagore dit bonjour et s'assit sur un côté du lit. Il lui prit la main et resta silencieux pendant une demi-minute, se contentant de regarder son visage. Il avait l'air très heureux. Enfin, il s'adressa à la jeune femme :

— Quand Marc m'a raconté comment il avait infiltré Sort en douce dans votre café des chats, j'ai cru mourir de rire. C'était une très bonne surprise !

Il rit de nouveau à cette évocation, mais cela provoqua une toux sèche, comme si l'air lui manquait.

— Je veux bien un peu d'eau, s'il vous plaît.

Nagore approcha le verre qui se trouvait sur la table de nuit, tandis que Marc attrapait une chaise pour venir s'asseoir près d'eux.

— Comment allez-vous, Elías ? Vous vous sentez mieux ?

— À mon âge, cette question du « mieux » est très relative. Quand tu auras quatre-vingt-dix-huit ans, tu te rendras compte que le simple fait d'être en vie est déjà une victoire. Certains jours, je peux me lever et me déplacer ; le reste du temps, je ne quitte pas mon lit. Ce sont là mes options.

Une nouvelle quinte de toux le fit taire. Il porta la main à sa poitrine, comme pour donner plus d'oxygène à ses poumons.

Comprenant qu'il valait mieux qu'il ne parle pas, Nagore vainquit sa timidité pour prendre la parole :

— Elías, Sort vous envoie ses amitiés. C'est un chat tranquille et respectueux… Nous l'avons emmené chez le vétérinaire et il est en parfaite santé. Il ne s'est pas fait d'amis en particulier parmi les chats du Neko Café, mais on dirait bien qu'il n'en a pas besoin.

— Sans doute… dit-il dans un filet de voix. Sort est très autonome et n'a pas vraiment besoin des autres, mais j'aimerais tellement pouvoir le revoir.

Elías toussa de nouveau, mais moins fort que les fois précédentes. Il demanda à Marc et à Nagore de redresser ses oreillers, puis il but quelques gorgées et se cala dans une position plus confortable. On aurait dit qu'il avait récupéré un peu d'énergie.

— D'aussi loin que je m'en souvienne, j'ai toujours vécu avec des chats. Bien entendu, un jour ou l'autre, ils ont fini par me laisser pour aller chasser les souris et les lézards au ciel. Dans le lycée où j'enseignais la littérature, je m'occupais d'une colonie de chats qui vivait dans une cour désaffectée… (Les yeux d'Elías brillèrent d'émotion à l'évocation de ce souvenir.) Un bon livre, un thé chaud et un chat sur les genoux… Peut-on rêver plus grand bonheur dans ce monde ?

— Et vous avez toujours des relations avec vos anciens élèves ? demanda Nagore avec douceur.

— Avec beaucoup d'entre eux, répondit-il non sans fierté. À la fin de chaque année, je leur donnais mon adresse pour qu'ils m'écrivent des lettres. Des vraies, je ne réponds pas aux courriers électroniques ni à toutes ces choses sur les écrans. Mais si quelqu'un prend la peine de m'écrire quelques lignes sur une feuille de papier, de la glisser dans une enveloppe, de noter mon adresse et de la poster, je lui réponds de tout mon cœur.

Marc et Nagore s'approchèrent pour mieux entendre le vieil homme, dont la voix tremblait.

— J'ai gardé toutes ces lettres… de la première à la dernière. J'ai une merveilleuse collection de lettres manuscrites. Quand j'ai une baisse de moral, je les relis, et ma vie retrouve ses couleurs et sa fraîcheur. Je les lis parfois à Sort. Il connaît toutes les anecdotes par cœur.

Nagore sourit en imaginant ce maître chat ouvrir ses yeux jaunes pour écouter Elías lui lire sa correspondance.

— Il y a un livre formidable sur le pouvoir des lettres, réfléchit-il à voix haute avant de demander encore un peu d'eau. C'est un roman d'Ángeles Doñate, qui s'appelle *Un hiver pour s'écrire*. C'est l'histoire d'un village menacé de voir son bureau de poste fermer définitivement. Pour empêcher cela, les habitants se mettent à s'écrire des chaînes de lettres dans lesquelles ils se racontent des choses jamais dites auparavant. C'est bouleversant !

Alors qu'il parlait du livre, Elías paraissait de plus en plus pâle et chétif.

— Il faut que vous vous reposiez un peu, lui dit Marc en posant sa main sur son épaule. Il faut que vous gardiez des forces pour notre prochaine visite. Pas vrai, Nagore ?

Elle acquiesça en même temps qu'elle prit la main d'Elías. Il la regarda avec tendresse et dit dans un murmure :

— Revenez vite, ça me fait du bien d'avoir des jeunes gens autour de moi.

Aussitôt, et indépendamment de sa volonté, ses yeux se fermèrent de fatigue.

Un trésor caché

Dimanche matin, Nagore se lança à la recherche du carnet rouge qu'elle s'était offert à Londres comme cadeau de départ. Inspirée par l'œil de Bouddha et par les qualités d'attention de Smokey, elle finit par localiser son trésor en haut d'une pile de livres. Il lui fallait maintenant mettre la main sur quelque chose pour dessiner. Elle se mit en quête d'un crayon ou d'un feutre, peu lui importait la couleur.

En s'installant sur le canapé, elle retomba sur sa liste de pour et de contre le travail au Neko Café. Cela lui parut à des années-lumière de son état d'âme actuel. Il s'était passé tellement de choses depuis… Certes, elle était toujours une femme seule ayant peur de vieillir sans avoir accompli ses rêves, mais quelque chose au fond d'elle avait commencé à changer.

Elle ouvrit le carnet rouge et caressa ses douces pages blanches. Elle attrapa le crayon à dessin déniché. Elle avait besoin de tracer des lignes, de donner forme à tous ces changements qui bouillonnaient en elle. Elle était incapable de mettre des mots sur ce qu'elle avait vécu les trois dernières semaines, mais il s'était passé tellement de choses qu'elle avait du mal à se reconnaître.

Elle commença par l'esquisse d'un tout petit nez, de deux yeux clairs en forme d'amande, de deux oreilles. Elle continua avec le contour d'une tête de raton laveur et des moustaches de chat, puis ajouta un reflet de lumière dans les yeux. Une fois terminé, le portrait était plus vivant que nature.

Elle écrivit dessous :

> Sois en accord avec ton cœur, sans te soucier le moins du monde de ce que pensent les autres.
> CAPPUCCINO

Juste en dessous, elle dessina un pelage sombre avec un museau noir et elle joua avec des clairs-obscurs pour que les yeux, grands et lumineux, ressortent sur ce fond ténébreux. Cela faisait plus de trois semaines qu'elle passait une grande partie de ses journées avec les chats, et elle pouvait à présent visualiser chacun d'entre eux dans les moindres détails. Quand elle eut achevé cette deuxième illustration, elle écrivit la légende :

> Accepte les choses avec sérénité.
> SORT

Très satisfaite de ces deux créations, elle continua sur sa lancée en dessinant une tête blanche avec un œil à moitié ouvert, ce qui donnait à ce nouveau sujet une expression rêveuse. Son visage paisible reposait sur ses deux pattes croisées, et son regard était porté sur l'horizon. Sous le dessin terminé, elle écrivit la devise suivante :

> Fais une pause : une bonne sieste permet de relativiser les problèmes.
> CHAN

De plus en plus en confiance, Nagore tourna la page et se lança dans un quatrième dessin, celui d'une chatte noire, beaucoup plus petite et chétive que l'impérial Sort. Et voici la phrase qui lui était attachée :

> Sois attentif, et tu trouveras des opportunités partout.
> SMOKEY

« Quatre des sept maestros sont maintenant immortalisés dans mon carnet », se dit-elle avec fierté. Elle cala le bloc en position verticale contre sa tasse pour admirer son œuvre dans son ensemble.

Comme une chatte prête à prendre sa pause dominicale, elle s'allongea sur le canapé et se fit la réflexion qu'il y avait deux choses qui restaient tout à fait mystérieuses pour elle : d'abord, pourquoi elle détestait autant les chats, et ensuite, pourquoi elle avait cessé de le faire. Cela n'avait aucun sens…

Elle se rendait compte que le fait d'avoir surmonté ce blocage avait apporté d'agréables surprises dans sa vie. Elle se fit la réflexion que ce n'était finalement peut-être pas les chats qu'elle détestait, mais son ancienne façon d'être, son rôle de victime, ses peurs et l'interminable spirale d'habitudes et pensées négatives.

Sans se lever du canapé, elle attrapa un vieux numéro du magazine de bien-être et de santé naturelle *CuerpoMente*. Amanda l'avait laissé dans un dossier de revues de développement personnel qu'elle avait oublié là, selon son habitude de semer ses affaires un peu partout. Il y avait un Post-it sur un article de Juli Peradejordi illustré par un épouvantail. Elle se mit à le lire distraitement, mais une réflexion capta toute son attention.

> Il me raconta la signification réelle de l'épouvantail. Au début, il effraye les oiseaux, car il ressemble au fermier qui peut les chasser et les tuer pour qu'ils ne mangent pas les graines. Mais, une fois qu'ils ont surmonté leur peur, l'épouvantail devient une véritable aubaine pour les oiseaux, puisqu'il leur signale précisément l'endroit où trouver la nourriture. N'est-ce pas fabuleux ? C'est sous nos peurs que se cache le trésor que nous cherchons.

Stretching émotionnel

Le Neko Café était plein tous les jours, mais il n'y avait eu aucune autre adoption. Sebas venait de temps en temps pour raconter comment les choses se passaient avec Blue. Chaque après-midi, selon le même rituel, une demi-heure avant l'ouverture, Nagore et Yumi buvaient du thé vert froid et en profitaient pour échanger les dernières nouvelles. Sort les observait depuis un banc, bougeant ses oreilles de temps en temps, comme s'il comprenait ce qu'elles disaient.

Figaro faisait sa toilette avec grand soin à sa place habituelle, sur le bar, tandis que Licor et Chan faisaient la sieste sur leur coussin sous la vitre. Sherkhan et Smokey n'étaient visibles nulle part, et Cappuccino dormait à poings fermés sur une table, juste devant le climatiseur.

— Nagore, j'aimerais te demander un service, si c'est possible, dit soudain Yumi en remontant ses cheveux avec une pince. Mon mari arrive dimanche matin et j'aimerais passer la journée à la maison avec lui. Tu pourrais venir t'occuper des chats ? Tu n'auras pas besoin de rester longtemps, il suffira de nettoyer les litières et de leur mettre de la nourriture et de l'eau. Je te paierai en plus, bien sûr.

Nagore retint la plainte qui s'était formée dans sa tête. Elle n'avait aucun projet particulier pour le dimanche, mais c'était son seul jour de congé, et elle y tenait.

— Oui, bien sûr, pas de souci.

Sa zone de confort s'élargissait chaque jour un peu plus.

— J'aimerais aussi savoir si tu pourrais rester seule dix jours en août. Ma meilleure amie se marie à Tokyo, et on ne veut pas manquer la fête.

Devant l'expression de découragement de son employée, elle ajouta :

— Je pensais réduire les horaires d'ouverture de cinq heures à huit heures et demie en août, mais bien sûr je te paierai la même chose. Je ne vois pas quels problèmes tu pourrais rencontrer, tu es au courant de tout, tu connais bien les chats…

Yumi regardait Nagore les yeux grands ouverts, comme les filles des dessins animés des studios Ghibli, la suppliant d'accepter.

— Avant, nous pourrions signer un contrat à durée indéterminée. Je ne pense pas qu'il y ait quelqu'un de mieux placé que toi pour diriger le Neko Café en mon absence…

Pendant un instant, Nagore resta muette. C'était trop d'informations à traiter pour un lundi midi. Elle n'avait jamais été aussi longtemps seule avec les chats ! Elle prit une profonde respiration tout en scrutant le visage de Yumi, qui attendait simplement sa réponse sans laisser transparaître aucune émotion.

— Yumi, tu es adorable et je te remercie. Même si je n'aime pas trop l'idée de rester une semaine entière seule avec les petits, comme tu dis, je pense que je pourrai me débrouiller. Pour ce qui est du CDI... je l'accepte volontiers comme signe de confiance de ta part, mais je ne peux rien te garantir, car je ne sais pas combien de temps je resterai ici. Peut-être que mon ikigai n'est pas de passer ma vie entourée de chats.

— Je comprends parfaitement, répondit Yumi, ravie. Tout est temporaire, comme la vie elle-même, mais je veux profiter de toi le temps que nous passerons ensemble.

Cela dit, elle se leva et serra Nagore dans ses bras, qui n'en revenait pas.

— Tu viens de me prendre dans tes bras... constata-t-elle, stupéfaite.

— Tout à fait, sourit Yumi, j'ai envie d'adopter certaines coutumes de votre culture. Tu en penses quoi ?

Nagore, au lieu de répondre, l'embrassa à son tour.

— Merci de me faire autant confiance, lui dit-elle en l'enveloppant dans un élan sincère.

— OK, OK, dit Yumi en se libérant doucement de l'étreinte avec un rire nerveux. J'ai quand même besoin d'un petit temps d'adaptation !

Quand ce fut l'heure d'ouvrir la porte d'entrée du café, Nagore vit du coin de l'œil Licor s'étirer dans son sommeil et, soudain, faire un mouvement malheureux et tomber de son coussin. Il se réveilla, surpris de se retrouver sur le sol et bâilla en essayant de comprendre ce qui venait de se passer.

En repassant devant lui, Nagore vit le chaton reprendre ses étirements habituels. Pour éviter de penser à son dimanche, qui aurait dû être l'unique jour sans chat de sa semaine, et aux journées d'août où elle serait seule avec cette tribu, elle s'assit sur une chaise près de Licor et l'observa faire ses exercices. Elle le trouvait très drôle.

Quand Chan se rendit compte que le chaton n'était plus à ses côtés, il s'étira à son tour et regarda son jeune compagnon depuis le centre du coussin. Ce dernier fit le dos rond, puis se cambra en levant haut son derrière et sa queue avant de propulser son petit corps vers l'avant en redressant sa colonne vertébrale et sa tête. Après une autre série de mouvements assez originaux, il trouva sa queue et se mit à la courser en tournant en rond.

Inspirée par le jeune chat, Nagore eut envie de faire elle aussi quelques étirements. Les premiers clients ne se présentaient toujours pas. Le brûlant soleil de quatre heures avait dû les inviter à prolonger leur sieste, se dit-elle en arquant ses bras vers le haut et l'arrière. Elle sentait son dos se détendre et ses poumons se dégager. Elle lâcha un soupir en pivotant le torse, puis se déchargea de la pression lombaire en se penchant en avant. Elle se rendit alors compte que cela faisait des mois qu'elle n'avait pas pratiqué son yoga.

Licor sauta sur la table à côté d'elle et l'examina comme le ferait un professeur face à un élève débutant. Nagore déroula doucement ses vertèbres une à une pour se redresser et fit un clin d'œil à Licor en se levant. Le chaton réagit avec un miaulement d'approbation, puis sauta de la table pour aller manger.

— Tu avais raison, conclut Nagore en bougeant ses hanches en cercle pour les masser. Je me sens beaucoup mieux !

La tête de Yumi sortit de derrière le bar.

— Qu'est-ce que tu dis ?

— Je parlais à Licor ! Il vient juste de m'apprendre qu'en se dégourdissant le corps on libérait aussi son esprit.

— Cette canaille a tout à fait raison. Garder sa souplesse, c'est la moitié de la santé ! Et je ne parle pas seulement du corps : un esprit souple est une condition nécessaire au bonheur. La rigidité détruit la joie de vivre. Mais, de fait, les deux types de raideur sont liés, déclara Yumi après quelques instants de réflexion. Toute la rigidité que nous avons dans la tête s'exprime aussi dans le corps, donc libérer son corps est une étape préalable au lâcher-prise des pensées stagnantes.

Nagore trouva ce rapprochement très pertinent. « Tout vient en son temps », se rappela-t-elle. Elle aimait les échanges avec sa patronne et amie, et se rendait compte qu'elle non plus ne devait pas avoir la vie trop facile.

— Yumi, je suis sûre que tu as dû être confrontée à bien plus de difficultés que moi en tant que Japonaise vivant en Europe.

— Peut-être, mais j'aime mettre ma zone de confort à l'épreuve, apprendre de nouvelles choses et m'adapter à de nouvelles situations et à de nouvelles personnes. Du moment que cela n'implique pas de me perdre moi-même, bien sûr.

Après un instant de réflexion, elle ajouta :

— Quand tu es à Rome, fais comme les Romains, mais sans cesser d'être toi-même.

L'excursion d'Elías

En sortant du métro, Nagore fit le constat que ses mocassins d'été lui permettaient de marcher en souplesse et sans bruit, avec une légèreté quasi féline. Dans la rue qui menait à l'hôpital, quelques peupliers commençaient à jaunir. Sa robe, de la même couleur, flottait dans le vent. Elle était plus heureuse qu'elle n'aurait dû, car elle allait voir Marc.

Elle dut bien s'avouer à elle-même qu'elle avait des papillons dans l'estomac et qu'elle mettait des stratégies en place pour attirer l'attention de Marc. Cela faisait une éternité qu'elle n'avait plus ressenti ce type de sensations ! C'était ancien et nouveau, étrange et normal à la fois. Que de contradictions !

Marc l'attendait dans le hall. Il l'accueillit avec un grand sourire avant de lui faire la bise. Il portait un pantalon d'été beige et une chemise claire.

— Merci encore de faire l'effort de venir. Elías va adorer notre plan. Ce sera sa première sortie de l'hôpital !

Nagore approuva d'un sourire, comme si un chat invisible avait avalé sa langue.

Elías était prêt pour l'excursion. Il était vêtu d'habits de sortie légers et faisait une petite sieste dans son fauteuil roulant, un gilet bleu marine posé sur les genoux. Marc lui tapota la main pour le réveiller.

— Bonjour, professeur ! Je suis venu avec cette jeune fille pour découvrir le monde ensemble.

Le vieux monsieur mit quelques secondes à revenir du monde des rêves.

— Et où allons-nous, si on peut savoir ? demanda-t-il avec un mélange de joie et de fatigue.

— Le destin est une surprise, lui répondit Marc. Tout comme la vie.

Durant le trajet en taxi médicalisé, les trois conversèrent avec animation. Quand le véhicule s'arrêta devant le numéro 29 de cette rue semi-piétonne, la lumière qui s'alluma dans les yeux d'Elías montra qu'il avait parfaitement compris où il se trouvait.

Yumi, complice du plan, les attendait devant la porte du Neko Café pour les aider.

À l'arrivée d'Elías dans son fauteuil roulant, les chats commencèrent à se réveiller, puis à s'étirer et à déambuler à travers l'espace ; certains allèrent boire et manger un petit coup, avant de se mettre à se poursuivre pour jouer.

— C'est merveilleux… dit Elías, dont la poitrine semblait reprendre du volume par moments. Ce lieu est formidable !

Yumi le conduisit jusqu'à une table et lui proposa de goûter l'emblématique café crème de la maison, suggestion que le vieux monsieur accepta avec enthousiasme. Alors qu'elle s'éloignait pour le préparer, un léger miaulement se fit entendre du fond du couloir.

Quelques secondes plus tard, le chat se trouvait à côté de la table et levait le nez pour flairer.

Elías le regardait avec tendresse. Sans qu'il eût besoin de l'appeler par son nom ou par des gestes, le chat s'approcha avec sa discrétion habituelle, sans quitter le vieil homme de ses yeux jaunes. Au final, il bondit d'un saut leste sur ses genoux. Elías ouvrit les mains pour que le chat sente ses paumes, et lui dit bonjour seulement à ce moment-là.

— Salut, Sort… Tu m'as beaucoup manqué.

Le chat frotta sa tête contre les paumes d'Elías pour exprimer sa joie de le voir.

— J'ai du mal à croire que ce chat soit le même que celui qui est arrivé ici… commenta Nagore. Il est tellement réservé, d'habitude.

— Il connaît Elías depuis qu'il est tout bébé, expliqua Marc. Et, même si certains prétendent le contraire, les chats ont une excellente mémoire et ils développent des liens aussi intimes avec leur maître que les chiens.

Chacun dans son coin, les autres félins ne perdaient pas une miette des retrouvailles de Sort et d'Elías. Cela n'échappa pas à ce dernier, qui commenta :

— On dirait que Sort est devenu une sorte de leader silencieux…

C'est le moment que choisit Cappuccino pour accourir inspecter les chaussures et les roues du fauteuil du nouveau venu.

— Je connais ta race… le salua Elías.

Il caressa la tête du chat, qui posa ses pattes sur ses genoux.

— Tu es un snowshoe, ou siamois « chaussure de neige », poursuivit le vieil homme. Les premiers ont

131

vu le jour aux États-Unis dans les années soixante, par croisements de siamois et d'american shorthair.

— Vos connaissances m'impressionnent, professeur ! plaisanta Marc.

— Ce chat est incroyable, dit Nagore en l'écartant un peu d'Elías pour lui servir son café à moustaches, il veut toujours prendre la place des autres. Il adore être au centre des attentions.

— Aucun problème ! dit Elías. Avec ses beaux yeux bleus, il ressemble à un bébé…

Il admira le café crème et la jolie petite tête de chat en mousse.

— Marc, peut-être que mon hospitalisation n'aura pas été une mauvaise chose, au final. Sans cela, je n'aurais jamais connu ce café des chats. J'aurais même pu mourir sans savoir ce qu'était devenu Sort. Je suis très heureux de pouvoir le revoir. Merci à vous tous !

Yumi demanda à Marc de traduire pour pouvoir parler avec Elías.

— Est-ce que vous savez que Nagore souffrait d'ailurophobie quand elle est arrivée ? Elle avait une peur noire des chats. Et regardez maintenant…

— Eh bien, ça saute aux yeux qu'ils l'ont guérie ! Les chats nous aident à nous reconnecter avec notre moi authentique. Ils ont des superpouvoirs ! Ce qu'on raconte au sujet de leur capacité à nous laver de nos énergies négatives est tout à fait vrai.

Elías, à présent très fatigué, dit qu'il avait besoin d'un petit repos après tant d'émotions. Les autres poursuivirent donc la conversation à voix basse. Sort, qui n'avait pas bougé des genoux de son maître, gardait une patte dans la main de ce dernier.

— Quand il se réveillera, je crois qu'il sera temps

de le raccompagner à l'hôpital. Il a l'air épuisé, dit Marc. J'aimerais pouvoir emmener Sort avec nous, mais c'est un luxe qui n'existe pas encore dans nos centres médicaux.

— Qu'allons-nous faire de lui ? demanda Nagore, inquiète. Je ne crois malheureusement pas qu'il pourra revenir avec son maître à court terme… Est-ce qu'il faut l'inscrire sur la liste d'adoption ou vaut-il mieux attendre de savoir si Elías pourra le reprendre avec lui ?

— Il n'y a pas d'urgence à prendre une décision, la rassura Yumi. Nous pouvons encore accueillir un ou deux chats supplémentaires sans problème.

Le vieil homme ouvrit alors les yeux et dit en regardant Nagore :

— Pourquoi vous ne lui demandez pas à lui ?

Sais-tu parler le chat ?

MARC
Est-ce que je peux venir te chercher après le travail ? Il y a une chose que je n'ai pas pu te dire jusqu'à maintenant.
Elías est vraiment très heureux, merci pour tout !
Toi et Yumi, vous êtes incroyables !

Nagore reçut la notification WhatsApp alors qu'elle marchait pour rendre visite à Gats de Gràcia, l'association de protection des chats du quartier. La responsable connaissait déjà Yumi, et Nagore venait pour préparer une « liste d'attente » avec deux ou trois candidats pour le Neko Café. De là, elle irait directement au travail. Elle n'était pas habillée comme elle l'aurait voulu pour un rendez-vous. Elle portait un pantalon large en lin et un tee-shirt noir sans manches. Ses seuls accessoires étaient des boucles d'oreilles rouges et une bague de la même couleur. Elle n'était pas maquillée et n'avait pas le temps de repasser se changer à la maison, à moins de se mettre en retard. Elle utilisa la caméra de son portable comme un miroir et vit que ses cheveux ne ressemblaient à rien. Elle les attacherait en chignon ou en queue-de-cheval ce soir.

Elle fut reçue par une femme d'âge mûr aux cheveux blonds frisés, qui la fit entrer avec un grand sourire en même temps qu'elle demandait des nouvelles de Blue. C'était la première chatte adoptée de cette association, qui avait à présent une nouvelle vitrine avec le Neko Café.

— L'architecte d'intérieur qui a refait le café a complètement craqué pour Blue, et il a aussi visiblement bien plu à la chatte. Résultat, elle est dans sa nouvelle maison depuis un peu plus d'une semaine.

— Il se produit parfois des miracles, et encore plus s'il y a un chat dans les parages, commenta la femme tandis qu'elle emmenait Nagore dans une petite cour ornée de plantes à l'arrière du local. Nous avons une capacité d'accueil de vingt-cinq chats, et nous en avons actuellement vingt-deux. Au fait, est-ce que tu sais parler le chat ?

— Pardon ? demanda Nagore, les yeux ronds comme des soucoupes.

Qu'est-ce que c'était que cette histoire de « parler le chat » ?

— Je veux parler de savoir interpréter les signes de communication des chats. Leur spectre de miaulement est limité, mais ils s'expriment beaucoup avec leur corps.

— La vérité, c'est que je ne sais pas grand-chose à leur sujet… reconnut Nagore.

— Pas de souci, je vais te donner un cours d'introduction. Regarde !

La femme lui remit des planches plastifiées et l'invita à s'asseoir dans la cour pour les lire.

Les chats communiquent à travers le langage corporel, qui s'exprime au moyen de quatre parties du corps : la queue, les oreilles, les yeux et la tête.

Le langage de la queue est le plus facile à interpréter.

- La queue levée avec ou sans virgule au bout : je suis content.
- La queue agitée dans tous les sens : je suis nerveux ou inquiet.
- La queue dressée et vibrante : je suis très heureux de te voir.
- La queue basse ou rentrée : j'ai peur.
- La queue basse et hérissée : j'ai peur et je me sens agressé.
- La queue dressée avec le poil hérissé : l'agression est extrême.

Le langage des yeux est un peu plus compliqué. Prends garde à ne pas regarder un chat droit dans les yeux, car il pourrait interpréter cela comme une agression. L'équivalent d'un baiser de la part d'un chat, c'est quand il regarde dans ta direction avec les yeux à demi fermés et qu'il détourne ensuite majestueusement les yeux.

La tête et les oreilles expriment également beaucoup de choses.

- Les oreilles en arrière : peur, anxiété, agression.
- La langue tirée : préoccupation, inquiétude.
- Frottement de la tête, du dos ou de la queue contre une personne ou un animal : rituel de salutation, revendication de propriété.

- Coup de tête : amitié, affection.
- Renifler le visage : besoin de confirmer l'identité.
- Frotter son museau humide : affection.
- Lécher : signe indéniable d'affection.

Au verso de la planche, il était expliqué que les chats ne miaulent qu'à l'attention des humains. Pour communiquer avec les autres animaux, ils feulent ou ronronnent. Le ronronnement exprime le plus souvent le contentement, mais un chat peut aussi ronronner pour signifier qu'il a mal quelque part ou qu'il lui arrive quelque chose. Nagore apprit aussi que les chats ont des oreilles équipées de trente-deux muscles, que leurs moustaches sont pleines de terminaisons nerveuses et qu'ils ont été domestiqués relativement récemment, il y a environ quatre mille ans, ce qui explique qu'ils reconnaissent leur nom, mais qu'ils n'ont pas le moindre intérêt à obéir à leur maître.

Après avoir terminé sa lecture, Nagore se tourna vers la responsable de l'association et lui dit :

— Je crois que je ne parle pas encore le chat, mais je tiendrai soigneusement compte de ce que je viens de lire. Maintenant, j'ai quand même un petit service à te demander… J'ai un peu peur d'entrer dans un espace où il y a autant de chats inconnus. Est-ce que tu pourrais me les présenter et me dire un peu qui est qui ? Ce sera mieux pour faire la liste des futurs candidats.

— Mais bien sûr, Nagore. Je comprends vraiment pourquoi Yumi t'a choisie ! Tu es très respectueuse. Peut-être qu'un jour tu auras le plaisir de voir un chat frotter son derrière contre toi, et pas seulement sa tête.

Alors tu pourras te considérer comme très chanceuse…

— Et pourquoi donc ? demanda la jeune femme, assez surprise.

— Parce que cela voudra dire que tu es très spéciale, au moins pour ce chat.

Célébration aigre-douce

Nagore accueillit Marc avec un sourire, en espérant avoir un aspect présentable. Elle lui fit la bise et lui dit :

— Tu portes des lunettes ?

— Normalement, j'ai des lentilles, mais là j'ai les yeux fatigués. J'ai passé trop de temps sur l'ordinateur ces derniers jours… Alors, tu es prête pour une expérience incroyable ?

— Je ne sais pas, répondit-elle en se mordant la lèvre. Tu peux me donner un indice ? Je suis très curieuse de savoir ce que tu veux me raconter…

— Tu le sauras dans un endroit très particulier, mais il faut d'abord qu'on aille jusque là-bas.

Sur ce, Marc lui donna un casque et enfila le sien en pointant du doigt une vieille Lambretta garée sur le trottoir.

— Mais où va-t-on ? demanda-t-elle, interloquée.

— On va grimper, alors accroche-toi bien ! dit Marc, la voix à moitié étouffée par le casque.

Quand le scooter démarra, Nagore enlaça sa taille et le serra fort. Le blouson de cuir fin sentait tellement bon qu'elle dut se retenir pour ne pas enfouir son visage entre ses épaules.

Il faisait presque nuit quand ils arrivèrent à la destination mystère. L'entrée du restaurant était éclairée par des guirlandes de petites lumières ressemblant à des lucioles. Le maître d'hôtel les déchargea des casques et les accompagna à une table qui donnait sur la ville. Le panorama était magnifique, et le lieu balayé par un petit vent de montagne très agréable.

— Ce lieu est incroyable ! Où sommes-nous exactement ? demanda Nagore, des étoiles et beaucoup de joie dans les yeux.

— Quelque part sur le Tibidabo…

— Je ne savais pas qu'il y avait ici des restaurants pareils. Mais dis-moi, il y a quelque chose à fêter ? Elías s'est rétabli ?

— Malheureusement non. Ça ne va pas très fort, dit Marc en secouant la tête. Je l'ai vu hier et il est de plus en plus faible, mais il est heureux et en paix. Il n'a pas peur de ce qui va advenir. Il m'a dit hier qu'il ne pensait pas pouvoir retourner un jour chez lui… En tant qu'avocat, je l'aide à faire son testament. C'est bizarre de penser à cela, mais comme il n'a pas d'héritiers directs, il faut tout laisser bien en ordre.

Nagore faillit toucher son épaule de sa main gauche, mais elle la posa finalement sur la table.

— Je suis vraiment désolée, Marc. Il faut penser que, quoi qu'il arrive, il aura eu une vie longue et heureuse.

— Tout va bien, je t'assure. (Il but une gorgée d'eau.) Comme j'ai perdu mon père il y a longtemps, c'était réconfortant pour moi de passer du temps avec lui. Mais nous ne sommes pas là pour pleurer une personne qui est encore en vie !

— Et alors ? l'interrogea Nagore avec un regard inquisiteur.

— Trinquons d'abord aux retrouvailles de Sort et d'Elías. Et maintenant... annonça-t-il théâtralement en servant un peu de vin dans leurs verres, un autre toast au travail qu'on vient de me proposer à Genève !

Il observait la réaction de Nagore avec la plus grande attention, or cette dernière sentit son sourire se figer sur son visage.

— Et de quoi s'agit-il exactement ? demanda-t-elle en se forçant à sourire, afin de lui montrer qu'elle se réjouissait pour lui.

— Je travaillerai pour le Haut-Commissariat des Nations unies pour les réfugiés. Je n'arrive toujours pas à y croire ! Cela fait plus d'un an que j'ai présenté ma candidature au poste... J'ai passé six entretiens, mais je pensais que tout était enterré. Jusqu'au message de ce matin !

— C'est une grande nouvelle, Marc... Il faut fêter ça dignement ! dit Nagore en essayant de savoir si elle était triste ou non.

Elle n'avait pas osé montrer à Marc l'affection qu'elle ressentait pour lui. Elle s'était même plutôt appliquée à la lui cacher. Elle s'en rendait compte trop tard, comme si souvent dans sa vie.

Après avoir commandé, Marc nettoya ses lunettes, et Nagore essaya d'expulser tous les papillons qui voletaient toujours dans son estomac. C'était difficile. Ce n'était pas qu'elle avait des intentions sérieuses avec Marc, mais elle commençait à vraiment apprécier sa compagnie, or la possibilité qu'il se passe quelque chose cesserait bientôt d'exister.

— Tu partirais quand ? Tu as une date ?

Marc but un peu de vin avant de répondre, plongeant son regard dans celui de Nagore.

— Ils m'ont confirmé la proposition, mais je ne sais pas encore si je vais l'accepter. En ce moment même, j'ai des doutes.

Nagore s'efforça de respirer lentement, essayant de ne pas faire de bruit. Son corps lui réclamait de libérer un gros soupir, mais si elle le faisait il devinerait ses sentiments. Elle comprit soudain que, justement, elle voulait qu'il sache ce qu'elle ressentait. Alors elle soupira. Marc aussi laissa échapper une bouffée d'air pensive avant de se mettre à jouer avec son verre.

— Tellement de temps s'est écoulé depuis que j'ai postulé… Beaucoup de choses se sont passées dans ma vie. Si la vie est un jeu, je ne suis plus au même endroit sur l'échiquier.

— Je comprends ce que tu veux dire. Je ressens parfois la même chose.

— À l'heure actuelle, je ne sais pas si je dois partir ou non. Je ne veux pas laisser Elías dans cet état, qui peut se prolonger pendant des mois. J'ai aussi d'autres choses en cours que je voudrais boucler…

Il se tut un moment, avant de revenir à la question que Nagore lui avait posée un peu avant.

— Le poste est à pourvoir dans deux semaines, et j'ai jusqu'à mercredi prochain pour me décider.

— Très bien. J'imagine que le salaire sera élevé, pas vrai ?

Nagore se maudit de se faire l'avocat du diable, mais si le rêve de Marc était de travailler pour les Nations unies, qui était-elle pour l'en empêcher ?

— Oui, c'est un bon salaire… mais l'argent ne fait pas tout, tu ne crois pas ?

— Eh bien, parfois c'est très utile, dit-elle en pensant à sa propre situation. Mais tu as raison, mieux vaut parfois écouter ce que nous dit notre instinct. C'est ça que tu ressens ?

— Quelque chose comme ça.

Les plats arrivèrent sur la table. Nagore trouvait tout tellement délicieux et charmant qu'elle dut faire un véritable effort pour se persuader que cette soirée n'était pas un dîner romantique en prélude à une histoire d'amour, mais un possible dîner d'adieu entre deux personnes qui commençaient à nouer une solide amitié.

— Qu'en penses-tu, Nagore ? Tu viendras me voir en Suisse ?

— Et comment ! dit-elle avec un clin d'œil.

En trinquant, elle pensa « maudite Suisse », et avala son verre d'un trait.

Le cadeau de Figaro

Tout le reste de la semaine, Nagore repensa au dîner. Et à Marc.

Le dimanche où elle devait s'occuper des chats, elle se rendit au Neko Café, comme elle l'avait promis à Yumi. Ensuite, elle alla à la plage pour nager un peu et essayer de s'éclaircir les idées, sans trop de succès. Elle venait de recevoir le prêt de ses parents ainsi que son premier salaire, pour un mois incomplet. Son compte en banque était renfloué, mais elle ne pouvait toujours pas se permettre d'aller chez le coiffeur ou de s'acheter une robe neuve comme elle en avait très envie.

Le lundi, Yumi se rendit compte que sa collègue était plus pensive que d'habitude, mais Nagore n'avait pas su, ou pas voulu, lui donner de détails. Repliée sur elle-même pendant que les clients étaient toujours en demande de câlins de la part des chats, elle observait Figaro.

Bien en vue sur le piédestal qu'offrait le bar, le chat à la demi-moustache se faisait beau avec le plus grand soin. Il attirait tous les regards. Nagore se dit que cette attitude chez un chat des rues très ordinaire, sans race ni grâce particulière, était un signe d'auto-estime. « Charité bien ordonnée commence par soi-même », dit le proverbe, autrement dit dans ce cas : si on veut être aimé, il faut commencer par s'aimer soi-même. Elle n'était certes pas un chat prétentieux, comme Figaro, mais elle se dit que ce serait peut-être une bonne chose de faire un peu plus attention à son apparence. Comment pouvait-elle plaire à qui que ce soit si elle ne se plaisait pas à elle-même ?

L'après-midi s'écoula tranquillement tandis qu'elle réfléchissait. Un couple américain eut un coup de cœur pour Figaro. Ils essayèrent un bon moment de l'attirer par diverses sollicitations, mais lui, très digne, ne bougea pas d'un pouce.

En hommage au chat mélomane, Nagore dessina cet après-midi-là des chats à demi-moustache dans les cafés crème des clients. Un touriste indien demanda même à faire une photo avec elle en montrant la tête de Figaro en mousse dans la tasse.

— Je craque complètement pour ce chat, dit l'Américaine au moment de payer. Tu as vu cette moustache tellement rigolote ? J'adorerais pouvoir le ramener chez nous, mais je ne crois pas que ce soit très réaliste…

— Le voyage serait une torture pour lui, dit l'homme en caressant la main de sa compagne. Pourquoi n'adopterions-nous pas un chat à notre retour à Portland ?

La femme ne répondit pas, totalement hypnotisée par Figaro, à qui elle lançait une ficelle avec une plume au bout. Le chat essayait de l'attraper sans y parvenir, mais au final elle le laissa s'en saisir. Figaro attrapa alors le jouet avec ses quatre pattes et tomba en arrière. Sûr qu'il laissa une de ses vies dans cette chute depuis la hauteur du bar ! Il se réceptionna sans rien montrer de sa vexation et emmena sa demi-moustache dans un autre coin du Neko Café. Les yeux de la touriste américaine exprimaient son regret de ne pas pouvoir repartir chez elle avec ce personnage haut en couleur.

Elle se retourna vers Nagore, le regard plein de gratitude, et lui dit :

— Merci pour ces merveilleux cafés crème et pour l'ambiance magique que vous avez su créer dans ce lieu. On a été très touchés. Et à coup sûr, nous chercherons un chat à adopter à notre retour.

— Le plaisir est pour nous. Je suis certaine que le chat que vous choisirez sera très heureux avec vous. Merci pour votre visite.

Elle leur fit la même révérence que Yumi avait l'habitude d'adresser aux clients qui partaient, puis elle se dirigea vers la table qu'ils avaient occupée pour la débarrasser. Elle eut un coup au cœur en voyant un billet de cinquante euros accompagné d'un petit mot qui disait : « S'il vous plaît, utilisez cet argent pour faire plaisir à Figaro. »

Nagore prit le billet et alla le montrer au chat, qui avait recommencé à se pomponner.

— Tu viens de gagner cinquante euros ! Tu es incroyable, Figaro… Tu permets que je garde le billet pour suivre ton exemple et m'arranger un peu ?

Dans une attitude très féline, il lui signifia qu'il ne l'écoutait pas. Son unique préoccupation était de redonner tout son lustre à son pelage. Nagore lui fit également une petite révérence de remerciement à la manière d'une danseuse.

Avant de devenir une star du rock, Mick Jagger chantait qu'il n'avait pas d'argent, mais qu'il savait comment le dépenser. C'était pareil pour Nagore, sauf que le billet de cinquante euros était déjà dans sa poche.

Le gentleman noir

— Elías est parti.

Nagore s'arrêta net, le téléphone collé à l'oreille. La sonnerie l'avait cueillie sur le chemin de la douche.

— Il ne s'est pas réveillé ce matin, poursuivit Marc. L'hôpital vient de m'appeler.

Elle resta silencieuse, ne sachant pas quoi dire. Elle avait l'impression que tout ce qui sortirait de sa bouche à cet instant sonnerait faux.

— J'aurais aimé l'accompagner, Nagore, mais j'ai bien peur qu'Elías ait choisi de s'en aller à l'aube précisément pour cette raison. C'est comme Sort, il n'aime pas déranger...

Il marqua une pause, comme si les mots avaient du mal à sortir, puis ajouta enfin :

— Il a laissé quelque chose pour toi. La cérémonie a lieu dans deux heures au funérarium. Tu veux venir ?

— J'y serai. À tout de suite, Marc.

Elle raccrocha et appela aussitôt Yumi pour la prévenir qu'elle serait en retard car elle voulait dire adieu à Elías, mais qu'elle arriverait peut-être à temps pour l'ouverture du café.

— Mais bien entendu, Nagore. J'aimerais que tu achètes en chemin des fleurs de notre part. J'allumerai une bougie pour l'aider à trouver le chemin qui lui permettra de rejoindre ses ancêtres.

Il y avait très peu de monde au funérarium quand elle arriva. Elle déposa le bouquet sur une chaise et dit bonjour à Marc.

— Merci d'être venue. Il y aura peut-être plus de monde, mais je n'ai pas son carnet d'adresses et je n'ai pas bien su qui appeler, soupira-t-il. Les deux ou trois personnes qui sont ici sont des anciens compagnons de chambre de l'hôpital. L'infirmière en chef les a appelés personnellement. Elías savait se faire aimer…

Nagore s'approcha et lui demanda :

— Je peux te serrer dans mes bras ?

Marc fit oui de la tête et Nagore nota que son pouls s'accélérait. Elle le prit dans ses bras et sentit ses épaules trembler. Il lui paraissait plus grand. Quand elle mit fin à l'étreinte, il glissa la main dans sa poche et en sortit une petite enveloppe blanche portant le nom de Nagore manuscrit.

— Je dois aller au tribunal pour une audience. Je ne pourrai même pas l'accompagner dans son dernier voyage, dit-il, très peiné. Tu peux rester jusqu'à la fin de la cérémonie ? J'ai dit que tu serais la personne la plus proche de lui…

— Bien sûr que oui, répondit Nagore, la lettre à la main.

— Merci pour tout, Nagore, dit-il en déposant un baiser sur sa joue. J'ai une semaine de fous, mais on pourra se voir ce week-end.

— Ce sera parfait, répondit-elle en reprenant le bouquet.

À la fin de la cérémonie, Nagore s'assit sur un banc du parc voisin. Elle garda la lettre fermée dans les mains encore quelques minutes. Elle n'avait jamais reçu de message d'un défunt, et était impressionnée que quelqu'un puisse lui parler de l'autre côté de la vie.

Elle ramassa ses cheveux en chignon pour rafraîchir sa nuque, puis ouvrit l'enveloppe. Il y avait deux pages couvertes d'une belle écriture.

Chère Nagore,
Je commence cette lettre au retour de l'excursion dans votre café des chats.
Je ne peux pas dire quel bonheur ce fut pour moi de voir Sort une nouvelle et dernière fois.
J'ai bien peur de ne plus pouvoir le revoir, ni lui ni personne d'autre. Je me sens de plus en plus faible. Je suis une bougie sur le point de s'éteindre. Je te dis tout ça sans tristesse. Vous connaître, Marc et toi, m'a rendu le goût de la vie, et m'a apporté la certitude que tout arrive pour quelque chose. Marc devait me rencontrer afin de pouvoir ensuite prendre Sort en charge et l'emmener dans votre café, pour que Yumi et toi vous occupiez de lui… Je ne sais quels nouveaux tours vous réserve la vie, et je ne serai plus là pour les voir.
Mes forces faiblissent, je vais donc me reposer un peu. Je reprendrai plus tard.

C'est là la magie des lettres : tu peux les commencer, les poursuivre et les finir quand tu veux, quand tu as le temps. Du temps, il m'en reste peu, et nous avons encore des problèmes à résoudre.

Aujourd'hui, tu m'as demandé ce que je voulais que vous fassiez de Sort, notre ambassadeur de sérénité. C'est un gentleman d'un autre temps, mon petit chevalier.

Je ne sais pas grand-chose de toi, Nagore, mais ici, dans cette chambre vide, je me demande si tu… accepterais d'adopter Sort. Je sais que tu n'as pas une grande passion pour les chats, mais comme c'est le premier que tu as touché, il y a peut-être un lien particulier entre vous.

Je ne te demande pas de prendre ta décision immédiatement. Prends ton temps pour réfléchir. Cette lettre te parviendra quand je serai déjà parti, alors je peux bien attendre éternellement. Je vous demande juste, à toi et à Yumi, de ne pas inscrire Sort sur la liste des candidats à l'adoption tant que tu n'auras pas pris ta décision. Mille mercis.

Ces derniers mois avant mon hospitalisation, ce chat a été un véritable guérisseur. Il s'approchait de moi dès que je ressentais une douleur, même si je n'exprimais aucune plainte, et s'allongeait à côté de moi, en me touchant d'une manière ou d'une autre.

Maintenant, il ne me reste qu'à te souhaiter de trouver tout ce que ton cœur recherche. S'il te plaît, profite de chaque instant : rien ne dure toujours.

Ne soyez pas tristes pour moi. Je suis en paix, après une vie bien remplie, et je suis curieux de ce qui va advenir maintenant. Il doit bien y avoir quelque chose de l'autre côté, tu ne crois pas ?

S'il en est ainsi, nous nous reverrons un jour, mais j'espère que ce sera le plus tard possible.

Avec tout mon amour pour toi, pour Marc, pour Yumi et pour Sort.
Merci d'avoir illuminé mes dernières heures,

Elías.

Une légère brise jouait avec les petits cheveux qui s'étaient échappés de son chignon. Nagore ferma les yeux pour sentir la caresse de l'air. Elle sentit alors deux gouttes qui roulaient en silence sur ses joues. Son cœur se serra en imaginant Elías avec Sort sur ses genoux.

Elle ne savait pas ce qu'elle allait faire, elle avait besoin d'un peu de temps pour assimiler tout ce qui était en train de se passer, en particulier la mort d'Elías.

Elle rangea la lettre et, au lieu d'emprunter les transports publics, elle décida de prendre son temps et marcha, plongée dans ses pensées, jusqu'au café.

La curiosité sauve le chat

Depuis l'arrivée de son mari, Yumi était radieuse. C'était un homme plus âgé qu'elle, qui venait tous les jours au Neko Café pour donner un coup de main. Nagore avait du mal à imaginer comment ils pouvaient supporter leur relation à distance. Heureusement, ils allaient enfin pouvoir passer dix jours ensemble. À partir du lundi suivant, elle s'occuperait donc seule du café pour cette période. Elle essayait de ne pas trop y penser de peur de déclencher une crise d'angoisse, dont elle avait été coutumière par le passé.

Le week-end approchait à grands pas. Yumi et son mari allaient s'occuper des chats et du café pour qu'elle puisse se reposer deux jours d'affilée en guise de petite compensation.

Marc avait parlé d'un rendez-vous, mais il ne l'avait pas recontactée. Et puis, la fois où elle lui avait écrit, il avait répondu gentiment mais succinctement. Il avait peut-être besoin d'être seul pour vivre le deuil de son ami, ou peut-être qu'il croulait sous le travail. Ou les deux choses à la fois.

Devant tant d'incertitude, Nagore commença à rêver de mini-vacances pour le week-end. Elle avait besoin de fuir la ville, ne serait-ce que pour faire une grande balade en forêt. Mais la réalité, c'était aussi qu'elle ne pouvait pas se payer une chambre d'hôtel.

Pendant ces après-midi d'août, le café n'accueillait que la moitié de la clientèle habituelle. En dehors de quelques touristes un peu perdus qui s'arrêtaient devant la vitrine du Neko Café, la ville était endormie baignée dans une atmosphère douce, détendue et féline.

À ses moments libres, entre les thés glacés et les cafés à moustaches, Nagore reprenait son carnet. Elle s'était rendu compte qu'elle aimait beaucoup dessiner en compagnie de la tribu, silencieuse, joueuse, et parfois curieuse.

Pour continuer son panthéon des chats, elle fit une esquisse de l'adorable tête de Licor, avec ses yeux brillants, son pelage ébouriffé et ses moustaches qui partaient dans tous les sens. Sous le dessin, elle écrivit :

Sois souple, sans jamais perdre de vue qui tu es.
LICOR

Juste avant, elle avait réalisé un joli portrait du chat mélomane, avec ce regard fier et sa demi-moustache. Elle avait écrit en légende :

Apprends à t'aimer
et à prendre soin de toi et de ton apparence.
FIGARO

Contente de son travail, elle passait en revue les six dessins et ne s'aperçut pas que Yumi s'était approchée par-derrière. Du reste ce n'était pas la seule : Sherkhan, le chat tigré très indépendant, voulait aussi savoir ce que faisait Nagore. Il sauta sur la table et se mit à renifler le carnet de croquis.

— Ils te paraissent tellement réels que tu as envie de les sentir ? plaisanta-t-elle juste au moment où Sherkhan poussa de la patte un des crayons pour le faire tomber au sol.

Nagore n'eut pas le temps de le gronder, le petit tigre avait déjà pris la fuite en courant.

— J'aime beaucoup ton style, dit Yumi qui se retenait de rire. (Elle attrapa le crayon et s'assit à côté de Nagore.) Il est frais et très personnel.

— Merci… répondit-elle au compliment, un peu confuse. Ce sont juste quelques croquis. Cela m'aide à assimiler tout ce qui est en train de se passer.

Yumi l'observa d'un regard pénétrant, comme si elle comprenait bien plus de choses qu'elle ne voulait laisser paraître. Au fil des semaines passées ensemble, Nagore avait saisi l'extrême précaution des Japonais à ne pas se montrer invasifs, et elle adorait cette qualité.

Sherkhan avait un besoin impératif de savoir si le crayon volait. Il revint à l'assaut sur la table et, d'un nouveau coup de patte sur le côté, il fit valser le crayon dans le vide, puis il sauta instantanément dessus et le fit rouler au sol.

Nagore l'observa, plus amusée que fâchée par ses cabrioles, puis elle lui retira le crayon et lui offrit sa balle préférée, celle avec une plume collée dessus, avec laquelle il jouait tellement qu'elle finissait souvent dans quelque endroit inatteignable du café. Connaissant bien Sherkhan, elle en gardait toujours une de rechange hors de sa portée.

— Nagore, je crois que Sherkhan nous démontre qu'il faut être proactif pour obtenir ce que nous voulons. Il voulait peut-être que tu sortes la balle avec la plume et n'a pas trouvé de meilleur moyen de te le signifier que de te subtiliser ton crayon plusieurs fois.

— Moi je crois qu'il agit simplement par curiosité, dit Nagore en souriant. Il a vu le crayon bouger dans ma main et il veut s'assurer qu'il a une vie propre.

— « La curiosité tue le chat », récita Yumi. Mais j'ai toujours pensé que ce proverbe anglais se trompait. La curiosité n'est pas un vilain défaut. C'est au contraire le manque de curiosité qui nous tue. Quand on ne donne plus libre cours à notre imagination, quand on n'attend plus rien de différent et qu'on ne s'aventure plus hors de sa zone de confort, alors on commence à mourir. C'est peut-être là la vraie leçon de notre Sherkhan.

— « La curiosité sauve le chat… » Tu as raison, ça sonne beaucoup mieux.

Yumi choisit ce moment précis pour une attaque frontale.

— Tu n'as pas envie de savoir ce qui se passe avec Marc ?

Nagore haussa les épaules et continua de suivre des yeux les jeux vigoureux de Sherkhan avec la balle. Mais que pourrait-elle demander à Marc ? Elle ne voulait pas être pesante en l'appelant sans motif apparent. Et c'est à cet instant précis qu'elle eut une illumination : la maison ! Elle voulait connaître le lieu où avait vécu Elías et elle allait demander à Marc de l'emmener.

L'éducation au changement

Le vendredi matin, Nagore avait son rendez-vous tant attendu chez le coiffeur, puis elle alla faire les boutiques pour se chercher une jolie robe, le tout grâce à la courtoisie de Figaro le séducteur.

Avec sa nouvelle coupe, la première depuis son retour de Londres, elle sentit qu'elle se dépouillait de son ancienne peau pour laisser émerger un nouveau moi. Elle avait ressenti une libération jubilatoire à voir tomber la moitié de sa chevelure. Quand, en plus, elle trouva en promo une robe de coton couleur crème qui mettait en valeur sa silhouette, elle se sentit parfaitement heureuse. Maintenant, elle était prête à appeler Marc.

— Tu peux parler ?

— Oui, on est en pause. Je suis ravi de t'entendre !

— Euh… pareil… bredouilla-t-elle. J'ai beaucoup pensé à Elías cette semaine, et je me suis dit que j'aimerais voir sa maison avant que la mairie ne la saisisse ou même qu'elle ne soit démolie si elle est vraiment en mauvais état. Tu peux m'emmener la visiter ? Exceptionnellement, je ne travaille pas demain…

— Oui, sans problème, dit-il d'une voix étonnée. J'ai encore les clés, et je ne vois pas qui ça gênerait que je te montre la maison. Je passerai te prendre après le déjeuner, ça te va ?

— Parfait !

« Enfin un rendez-vous qui ne sera pas improvisé, contrairement aux précédents, se félicita Nagore. J'aurai du temps pour me préparer. »

De fait, elle se sentit comme sur un petit nuage toute la journée. Les papillons étaient revenus, se moquant bien de ses pensées prudentes.

Suivant l'exemple de Figaro, qui observait sa transformation depuis le bar, elle avait décidé que cette fois elle resplendirait comme elle en avait envie. La coupe de ses cheveux brillants et noirs comme une nuit sans étoiles était parfaite. Sa robe crème lui allait à merveille : le décolleté en V, les petites manches courtes qui tombaient délicatement des épaules, la taille ajustée et la longueur juste au-dessous des genoux… Nagore aimait la façon dont le tissu enveloppait son corps.

Elle était habillée et légèrement maquillée quand l'interphone annonça l'arrivée de Marc, avec une ponctualité toute britannique. Elle enfila ses mocassins souples, mit une petite bouteille d'eau dans son sac et attrapa une veste en jean pour aller sur la moto.

En la voyant sortir de l'immeuble, Marc ne put masquer sa surprise.

— Nagore… On dirait que tu es une autre !

— En mieux ou en moins bien ? demanda-t-elle en faisant voleter ses cheveux allégés.

— Avec toi, tout est toujours pour le mieux, répondit-il en lui passant le casque.

Après vingt minutes d'un trajet agréable à travers des rues désertes, des tunnels et une route sinueuse, ils arrivèrent à la maison de Vallvidrera où avait vécu le vieux professeur. La ville était derrière, hors de leur vue, si bien que Nagore eut l'impression d'être au milieu d'une forêt.

La grille de fer forgé ouvrait sur un petit jardin plein de mauvaises herbes. Depuis des semaines que plus personne n'habitait là, la nature avait repris ses droits. Une vigne sauvage recouvrait les murs d'une modeste maison d'un blanc délavé. Le temps semblait suspendu dans ce lieu.

Marc sortit sa clé pour ouvrir la double porte en bois. Aussitôt, une odeur de renfermé frappa les narines de Nagore.

— La dernière fois que quelqu'un est entré dans la maison, c'est quand je suis venu chercher Sort.

Ils ouvrirent les fenêtres en grand et parcoururent la maison. Tout était recouvert d'une fine couche de poussière. À mesure qu'ils bougeaient, le soleil qui entrait à flots dans la maison transformait en fines particules d'or la poussière en suspension.

Le salon, avec deux grands fauteuils confortables, était couvert d'étagères pleines de livres sur deux rangs. On aurait dit une bibliothèque. Une pièce plus petite servait de bureau, avec un ancien secrétaire en bois, et toujours des livres et des papiers partout.

— Elías m'avait dit que c'est ici qu'il gardait sa collection de lettres, dans ces grandes boîtes que tu vois sous les étagères. Il y a aussi les lettres qu'il avait écrites à ses élèves, car il faisait toujours un double avec une feuille de carbone. C'était un homme à l'ancienne, dit-il avec émotion.

— Nous devrions revenir chercher ces boîtes avec une voiture, dit Nagore d'un ton décidé. On ne peut pas laisser cette correspondance se perdre.

— Et qu'est-ce qu'on en fera ?

Elle se mordit la lèvre, comme chaque fois qu'elle avait une idée, et précisa :

— Pour l'instant, on les mettra juste à l'abri. Après, je pourrai les retranscrire en les accompagnant de leur réponse. Un jour peut-être, on pourrait en faire une petite édition. Un demi-siècle de correspondance entre un professeur et ses élèves… intéressant, non ?

— Je trouve que c'est une idée fabuleuse, dit-il en l'invitant à monter l'escalier en bois.

Nagore eut un pincement au cœur devant le bac à litière vide.

— C'était à Sort, n'est-ce pas ?

— Oui, et il y a d'autres choses à lui que tu voudras peut-être récupérer : ses écuelles, des balles, son coussin préféré…

Nagore ne répondit rien, même si elle avait parfaitement capté le message. Elle suivit Marc en silence. À l'étage, il lui montra la chambre d'Elías, une salle de bains avec une vieille baignoire et une chambre d'invité qui donnait sur une petite terrasse incroyablement tranquille et silencieuse.

— Bien sûr, il y a des travaux à faire, mais cette maison est un enchantement, Marc… Qu'est-ce qu'elle va devenir ?

Le jeune homme s'assit sur l'une des chaises faisant face aux arbres et il invita Nagore à faire de même.

— Je voulais justement t'en parler.

En réponse au regard interrogateur de Nagore, il lui

prit les mains, les contempla un instant, puis la regarda dans les yeux. Nagore retint son souffle.

— Elías était un vieux têtu. Je l'ai accompagné chez le notaire où il a fait un legs en faveur d'une institution publique, mais il est ensuite revenu sans moi pour changer son testament. Les personnes âgées font souvent ça à la fin de leur vie.

— Et ?

— Il m'a fait don de sa maison… Je l'ai appris quelques jours après sa mort. Il n'y aura pas besoin de transporter ces lettres ailleurs.

Retirant doucement ses mains, Marc contemplait l'étonnement de Nagore avec un sourire de gamin amusé. Il adorait voir son émotion, qui faisait naître chez lui un sentiment de grande tendresse.

Tous deux se levèrent. Nagore s'appuya sur la rambarde et demanda :

— Que vas-tu faire de la maison ? Tu penses la louer quand tu partiras à Genève ?

— Nagore…

Il avait prononcé son prénom avec un sérieux tel qu'elle s'approcha un peu pour deviner dans ses yeux ce qu'il allait lui dire.

— J'ai refusé le poste.

— Mais pourquoi ? C'est un meilleur boulot que ton job actuel, non ? N'était-ce pas ce que tu voulais ? demanda-t-elle en détachant brusquement ses yeux de ceux de Marc, qui attendit qu'elle le regarde de nouveau pour ajouter :

— J'ai refusé parce que tout ce que je désire dans la vie se trouve ici…

Et, profitant de la surprise de Nagore, il déposa un baiser sur ses lèvres.

Une nouvelle vie pour une vieille maison

Quatre mois plus tard, la maison du professeur accueillait de nouveau la vie. Trois vies, pour être précis. Après quelques travaux, orchestrés par Sebas dans le respect de la structure originale, Marc, Nagore et Sort s'installaient dans cette petite oasis au milieu des bois.

À la signature des papiers d'adoption, Nagore demanda à Yumi une journée pour le rituel d'installation du chat dans son nouveau foyer, même si, dans ce cas, ça voulait dire revenir à son ancien foyer. Une adoption singulière, sans aucun doute, comme tout ce qui avait à voir avec le gentleman noir.

Le couple s'assit par terre à côté de la caisse de transport et Nagore ouvrit la porte. Durant quelques secondes, il ne se passa rien, puis un museau noir inquiet orné de longues moustaches apparut.

— Bienvenue à la maison, Sort… dit-elle avec émotion. Bon retour chez toi.

Le chat se glissa doucement hors de la caisse en bougeant le nez, les oreilles et les pattes. Il explorait ce territoire connu, malgré les changements de la rénovation, avec des pupilles énormes au milieu de ses yeux jaunes.

Marc se retira dans la cuisine pour préparer le déjeuner. Sort se déplaçait avec précaution, et Nagore sondait ses propres impressions maintenant que cet animal hors norme vivait chez elle. Elle observait les premiers pas du chat et s'émerveillait de la façon dont tout avait changé dans sa vie en si peu de temps.

Elle mit la caisse de côté et rejoignit Marc, qui coupait des légumes dans la cuisine.

— Merci, dit-elle en l'enlaçant par-derrière. Il y a six mois seulement, jamais je n'aurais imaginé être heureuse pour mes quarante ans.

Marc se retourna pour l'étreindre à son tour.

— Joyeux anniversaire, mon amour. Prête à recevoir une partie de tes cadeaux ? Les légumes peuvent attendre.

Deux minutes plus tard, Nagore ouvrait un paquet sur la table du salon. Sort observait la scène depuis le canapé sans en perdre le moindre détail. Le paquet contenait une belle collection de pinceaux, de peintures de toutes les couleurs, du papier de qualité pour l'aquarelle, ainsi que des crayons de toutes sortes, de l'encre de Chine et des fusains.

Elle s'assit par terre pour examiner méticuleusement tous ces trésors et, avant même d'embrasser Marc pour le remercier, elle sut exactement quel usage elle allait faire de ce cadeau. Le temps était venu de terminer ce qu'elle avait commencé des mois plus tôt.

La nuit était tombée lorsque Nagore releva la tête. Elle s'étira les bras et le dos. Cela faisait des heures qu'elle n'avait pas bougé. Sort, qui avait monté la garde à côté d'elle tout l'après-midi, bâilla également et se retourna après quelques assouplissements musculaires.

— Marc, viens voir ! Qu'est-ce que tu en dis ?

Marc posa le livre qu'il était en train de lire sur le canapé et s'approcha de Nagore avec curiosité.

Une feuille de grande taille, format A1, était posée sur la table. Il se pencha pour examiner de plus près les illustrations : c'étaient les sept premiers chats du Neko Café, après l'adoption de Blue. De ces vénérables d'origine, il n'en restait plus que deux au café, mais Yumi était certaine qu'ils trouveraient un foyer pour la nouvelle année.

— C'est le cadeau de Noël pour Yumi, dit Nagore avec fierté. Tu crois que ça lui plaira ?

— Sans l'ombre d'un doute ! En voyant cela, je comprends maintenant comment un chat peut changer ta vie, dit-il, impressionné. Alors que dire s'ils sont sept !

— Tu sais quoi ? Avec leur sagesse et leur spontanéité, je crois que ces chats m'ont aidée à faire tomber les murs dans lesquels j'étais enfermée.

1re LOI FÉLINE POUR LA VIE
Sois en accord avec ton cœur, sans te soucier le moins du monde de ce que pensent les autres.

CAPPUCCINO

2e LOI FÉLINE POUR LA VIE
Accepte les choses avec sérénité.

SORT

3e LOI FÉLINE POUR LA VIE
Fais une pause : une bonne sieste permet de relativiser les problèmes.

CHAN

4ᵉ LOI FÉLINE POUR LA VIE
Sois attentif, et tu trouveras des opportunités partout.

SMOKEY

5ᵉ LOI FÉLINE POUR LA VIE
Sois souple, sans jamais perdre de vue qui tu es.

LICOR

6ᵉ LOI FÉLINE POUR LA VIE
Apprends à t'aimer et à prendre soin de toi et de ton apparence.

FIGARO

7ᵉ LOI FÉLINE POUR LA VIE
Ne cesse jamais de nourrir ta curiosité.

SHERKHAN

LEÇON FINALE DES CHATS
Pas besoin d'avoir sept ou neuf vies, il suffit d'être heureux dans celle-ci !